禁じられた海

樟位　正

文芸社

禁じられた海――目次

物語詩Ⅵ　禁じられた海

詩　集Ⅶ　耳の中のオーディオルーム

物語詩Ⅵ◉

禁じられた海

Ⅰ　地階

1　倉庫係

生まれつきひび割れていた　ワイングラスよりも薄くて脆い　ぼくの呼吸器が　咳や喘鳴もなく　痰や血も吐かない　ふしぎに凪いだ季節が　一年半くらい続いていた

すこし体力に自信ができたぼくは　その年の晩秋　近所の母の知人の親戚である町会議員の口利きで　臨時雇いながら倉庫係として　町役場へ勤めはじめる

そこは陽当たりの悪い地階の　三つの収納庫の隣の　なんだか辺境の流刑地のような　小暗く殺風景な一室　だ　そこで　ぼくは　営繕係を兼ねた上司である初老のT氏と　無口な二人の門番のように　ひっそりと向かいあう

T氏が無口でなくなるのは　一つは　北方の大陸や南方の群島をなんどか死線をくぐって
転戦した誇らかな武勇伝を物語る工兵伍長に回帰した　とき　もう一つは　ときどき資料
を求めてここへ降りてくるあの人と　もう前からのな染みらしいなれなれしさで　喋りあ
う　とき

2　朧げな記憶

あの人を見た初めての日

ドアを軽くのっくして　あの人が

なかば伏せかけた睫毛を
　しばたたかせ　入ってくる
わずかに唇のあたりに漂う
あの人の淡い含み笑いは　T氏に
投げかけられている

いっしゅん　ぼくは　はっとする
いつかどこかであの人を見た
　かすかな記憶のそよぎが
ぼくの瞼の裏庭を　海の微風の
　速さで　くぐり抜けたのだ

始まった二人のお喋りの　切れ間で

新入りだと紹介されて　すこし
こわばる　ぼくの顔に　ちらっと
ふりむく　あの人の眼差しの
その瞬間の微妙な動きと翳りを
いっしゅんの瞬きで　記憶に
刻みこもうとする　ぼくに

そんな余裕を与えず　T氏は
目配せで　指令する　―ただちに
収納庫へ向かい　あの人の
用命を執行せよ―

とっさに鍵束をじゃらじゃら

鳴らし　初年兵の緊張した
姿勢で直立する　ぼくを
あの人は　さりげない眼差しで
見やっただけだった　一度きり

その日　一日じゅう　ぼくの瞼の
裏庭の暗がりに　あの人の像は
いつかどこかで（いつどこで
だったろう？）見た朧げな記憶の
鈍い蛍光色に底光りして
執ように佇んでいた

像は　夜の間に　眠っているぼくの

内部で　ずんずん重くなり
深みへ深みへと食い込み
翌朝には　愛の内海へと突き抜けて
水面に投げた自分の映像の浮子に
浮上してきた深海魚の群れを
　引き寄せていた

3　ヒトリ蛾

それからも　町の広報紙の編集員である
　あの人は　古い記録や資料を調べに
ときおり地階へ降りてくる

そっと囁きかけるような
　ひそやかさのノックの音が
ぼくの心臓をどきっとさせる
あっ　あの人だ！

淡い微笑を漂わして入ってくる
あの人の　静粛な顔立ちの
二階のま映い太陽を吸って
すこし紅を帯びた大輪の花弁が
小暗かった地階の流刑地を
ぱっと明るくする

あの人がT氏と投げあう

とりとめもないお喋りの
親しげな飛び交い
ひょっとして　T氏を好いている
のだろうか　あの人は？

T氏への羨望を伏せた瞼の
裏地へひた隠しにして
忙しげに記帳の身振りをする
ぼくの　伏さった瞼が
ぴくっと震える
すぐ間近を　あの人の眼差しの
ヒトリ蛾の妖しい羽根が
擦過したのだ

ぼくの瞼は　その瞬間に
羽根がふり撒いた鱗粉か
刺毛か翅刺のようなものに
ひりひりちかちか
火照らされつづけ
あの人の瞳の水面に落ちた
ぼくの像の　入水の角度や
行く方の方位を　模索しつづけた
次の日も　その次の日も

4　切り抜かれた写真

それから何週間がたってからだったろう
本箱の奥になにかの本を探していた
ぼくの指先が　ふと　いちばん奥に
隠れている秘密のアルバムに触れて
もう長いあいだ開いてないページを
なにげなく　ぱらぱらっとめくる　と

ずっと前に　新聞から切り抜かれ
すっかり忘れられたまま
すこし色褪せた　女の小さな
半身像のセピア色の写真が　出てきた

ぼくは　はっとした　似ていた
そのサクラ色の頬にうっすら含み笑いを
浮かべる女の顔立ち―それは
似ていた　あの人に　そこはかとなく

つきつめると　あの人をめぐる
物語は　あの人に似た像を
アルバムに貼りつけた　一年か
半年まえのある日から　始まった―
とは　しかし　言えはしない

そもそも　この一葉の写真が
新聞で見つけられ　なぜ　選ばれ

蔵われたのか？　ひとたび
その根拠が　問われだすと
物語は　その発端を　ずんずん
内部の過去へ過去へ　潜航させてゆく

謎解きの鍵は　あの人に似た像を
秘蔵した　この秘密の
アルバムに　隠されている
物語は　このアルバムの歴史を
溯らなければならない

5　秘密のアルバムⅠ

このアルバムが第一ページを
起草した日のことを　ぼくは
ふしぎなほど細かに憶えている
小学四年生くらいだったぼくは
姉の机の本立の本をつぎつぎと
めくっていて　ふと　音楽の教科書の
扉を開いて　はっとした

それは　息をのむ清澄な春の
山脈と湖水の風景写真　だった
峯々は　白銀の残雪を冠って閃く

尖った穂先を　空に突き立て
湖畔は　いちめんに咲き乱れる
レモンイエロウやシャンパンゴールドの
花影を　翡翠色の水面に　映していた

春は　いま　盛りだった
（あとで見ると　なんでもない
アルペンの春の風景写真なのに）
その小さな直方形に囲まれた
春は　魔法にかけられたように
ぱっと視野いっぱいに迫ってきて
山頂の残雪や湖の水や花々の蜜の
鮮冽な薫りの滲むほの温かい
春風を　そよがせながら

ぼくを　絵の中に吸いこもうとした

この絵の中の春は　ぼくがのちのち
めぐり会ういくつもの春のうちで
いちばん初源の　いちばん透麗な
いちばん純粋な　不滅の春　になりそうだった

ぼくは　姉に内緒で　こっそり
罪の棘にちくちくする指とハサミで
写真を切り取り　買ってきたばかりの
　アルバムに　貼った　そして
その日　決心したのだ　これから
この秘密のアルバムには　ぼくの

内面を顫わせ揺さぶる（風景に
　かぎらない）映像だけを　選び
　祀ろう　と

6　原憧憬たち

こんな大地の清透な風景は
のちのちも　ぼくらを原運命的に
　惹きつける
ぼくらの遺伝子の螺旋には
太古の空や海や山や星や森の
　断片が　埋めこまれ

ぼくらの血の河には　太古の
光や風や水　色や匂いや音　が
流されている
それらはみんな　太古の父祖たち
からの大切な遺産　なんだ

だから　風景の前に立つと　いつも
遺伝子と血と神経が立ち騒ぎ
ぼくらは　目を見張り　息を止め
風景の向こうから　父祖たちの
かすかな呼び声を　聴き
風景の中へ入りこもうと
焦がれるが　そのたびに風景から
弾きだされ　苛立つのだ

風景にかぎらないある対象への
　ぼくらの命の深い源泉から
　ほとばしりでる　大地的な
　ものへの　こんな衝迫
それを　ぼくらは　原憧憬と
　呼ぶだろう

原憧憬のヴェクトルが指さす
　方向に沿って生きる——
それが　ときには　稀有であっても
　夢であっても　それだけが
　ぼくらの真正な生き方　になるだろう

日常的であれ非日常的であれ
ほかの生き方は　偽り　義務　儀式
賦役　気晴らし　時間潰し　になるのだ
少なくとも　ぼくにとっては

7　秘密のアルバムⅡ

すると　このアルバムに　貼られた
すべての映像たちは　原憧憬が
長い年月を閲して　捜し　見つけ
集め　選んだ　もの　になり
これを開く時間は　ぼくの大切な

生きられる時間への誘い水　となる
外部で　アルバムをめくる
一ページ一ページは　間髪をいれず
内部で　塔の画廊を巡る
一歩一歩と　呼応しあう
原憧憬に関わることは　しばしば
外部と内部で触発しあう
同時進行の出来事　なのだ　から

太陽が沈んだばかりの　ほの明るい
黄昏の　薄紫の波立つ海を
ぼんやり眺めながら　物想いに
沈んでいる　岬の突端の　白い灯台

宇宙の暗闇に　無数の柘榴石や
孔雀石や緑閃石や十字石や
星砂や白蝶貝やビーズ玉を
いちめんに燦然と散乱させながら
なん億光年の彼方へ　曳航してゆく
神秘なケンタウルス銀河

肌寒い北国のミズナラやシラカバの
疎らな木立の中に立って
しだいに自分の手から滑り抜け
前方の暗灰色の湿原の寂漠とした
広がりへと遁れてゆく自分の生の
行方を　張りつめた眼差しで

見つめている　詩人の沈鬱な風貌

歌の純粋さをかき乱す人間たちの
立ち会いを拒んで　ぴしゃりと
閉じた　かれの瞼の鎧戸が　歌の――
制え難い力で唇から吹きでて
かれの体軸を旋回しながら
衣紋を波打たせ　袖先を
宙に翻した　あと　耳朶へ
内臓へ　血管へ　とへめぐり
ふたたび唇へと回帰する　歌の――
無限循環を　楽しんでいる
そんな天平の笛吹童子の座像

羽飾りのついた兜を冠り　槍を手に
騎馬する　楽劇のメゾソプラノ歌手
クドニスで出土した　威厳と
知性と高貴と蠱惑に
縁取られた　多島海の女神像
ファヤズ・テペで出土した
髪を渦巻き状に束ね　瞼と唇に
朱を塗る　西域の菩薩像

これらの映像はすべて　ぼくの
原憧憬の指紋を　打印されている
なぜなら　海は　灯台は　星座は　詩は
音楽は　愛は　ぼくの原憧憬
だったのだ　から

8　女店員像

ぼくは　いま　あの半身像の写真の　発見から秘蔵までの経緯を　思いだしている

その朝　新聞の広告欄で　どこかのデパートの十人くらいの店員の列を　ぼんやり見ていた　ぼくの視線の歩みを　ぴくっと立ち止まらせ　いちど瞼の下へ沈殿したあと　三日くらいあとに　ぼくが街のどこかを自転車で走っていると　ふたたび瞼へ浮上してきた　この女店員像

あわてて自転車を反転させ　家へ駆け込み　ラックをひっ掻きまわし　やっと広告欄の紙
面を捜しだし　ハサミで切り抜き　この秘密のアルバムの女神像と菩薩像の隙間に　窮屈
そうに貼りつけた　この女店員像

その顔立ちが　女神像の近づき難い威厳の少しと菩薩像の親しみ深い慈愛の少しと混ぜあ
わせたその顔立ちが　どことなくあの人に似ていた　この女店員像

あの人を初めて見た瞬間のぼくが　朧げなデジャ・ビュの感覚に襲われ　はっとしたのも
ふしぎではなかった　毎日のあれやこれやの無数の映像のなかで　この女店員像の前に
ぼくの視線が　ぴくっと立ち止まった―この現象こそが　しかも　いちどは記憶の水底
に沈んだその像が　ふたたび浮かびあがってきた―この現象こそが　ふしぎだった　な
ぜ　その像だったのか　それが?

9　女店員X的

目は　まず太陽的でないかぎり
　太陽を見ることはできない　から
（これはプロティノスの言葉である）
この女店員の名をXとすると
ぼくの目は　女店員X的でないかぎり
　女店員Xを見ることはできない

あらかじめ　ぼくの目が
女店員Xを感光できる

円錐細胞や反回神経や視床を
備えていなければ　ぼくは
女店員Xをみることができない

そして　そんな目を孕んだ
ぼくの内部の愛の内海も
女店員X的であったはずだ
海岸線に　干潮線に　潮溜まりに
藻場に　砂紋に　魚群に
女店員X的な　磁気や線素や
色素や声紋や体臭を　散布して

ぼくが新聞にその像を見た時刻と

同時に　その像は　内海の水面に
　投影され　間髪を入れず
深海魚は　叫んだのだ
―あっ　あの人だ！―

10　ランプコレクター？

あの人は　ランプコレクター？

あの人とT氏のお喋りの
　切れ端が　耳に入る

〈ちょっと聞いたんだけど　きみは
　ランプを集めてるんだって?〉
〈だれに聞いたの?〉
〈さあ　だれかな?　ははは〉

あの人はランプコレクター?

ぼくのあの秘密のアルバムにも
ランプを撮った幻想的な
　室内の写真が　一つある
夜の窓外はしんしんと雪が降っている
(ぼくは雪景色が好きだ
ぼくの血には　雪の上を跳んだり

駆けたり　雪の下に潜ったりして
雪と交感する　クロテンの血が
流れているらしい)
張り出し窓のわきの小机に
クロッカスの絵のある笠を
冠ったランプの灯りの琥珀色が
窓ガラスに　大粒のボタン雪の
斑紋様を　燦めかし
深沈としたグラデイションで
室内の夜の漆黒に　朧げに
夢みつつ　溶けている

なぜ　ランプ　なのか?
ランプのしっとりとした小暗い

琥珀色は　昼から夜へ光から
闇へと沈む夕暮れの
一瞬のあわいの　郷愁と魂鎮めに
満ちた残照の琥珀色に
連なっていないか

それは　また　なん千万光年も
くりかえしくりかえし
夕空に向かって　立ち止まり
畏敬と感動と賛美に見開いた
瞳で　吸収し　貯えた　父祖たちの
蒼古の記憶の中の地層の底の
琥珀色　に繋がっていないか

ランプ　それは　あの人の
そして　ぼくの　共通の
小さな　もう一つの　原憧憬？

―階をのぼれば　輝く
冬のランプコレクション―
このある歌人の短歌の断片が
ぼくの口先に洩れる　と
なぜか　しきりと鮮明に
見たこともないあの人の冬の
部屋が　瞼にちらつく

そこはきっと海辺に近いだろう
ざわざわと鳴る半睡の波音に
まじって　机や棚や壁に並ぶ
いろいろの形のランプたちが
ひそひそ　お伽噺か身の上話を
囁きあっているだろう
吊りランプ　撒形花型のランプ
ホヤなしのシャレイユ　メリケンランプ
ランプ・フランボワーズ　…

あの人は　ランプコレクター？

Ⅱ　幻の海

1　山彦

そんなある日　ぼくが独りでいると
例の独特の密やかさのノックのあと
あの人が　入ってきて　微苦笑した
〈おや　独りぼっち？　ネズミに
　さらわれそうね〉
とっさに　鍵束をじゃらじゃら
　鳴らして　用命に身構える　ぼくに
その人は　また微苦笑した
〈ちょっと息抜きに寄っただけ〉

空いているT氏の椅子に腰かけ

机のビニールカバーの上に
　くるくる螺状線を描く
　あの人の人差し指
揺れる心臓の波動をひた隠しにして
　ちかちか点滅するぼくの睫毛

沈黙　あの人と挟む沈黙
そのなかを　ぼくの閉じた唇の渚から
声のない無言歌　言葉のない黙契　の
　さざ波が　あの人のおし黙った
耳朶の突堤へと　ひたひたいざり寄る

もう一歩か二歩で　あの人の

息遣い　温もり　薫り　が
なまなましくふりかかりそうな
こんな間近さで　あの人と向かいあい
同じ空間に在ることの
この惑乱　この不思議　この法悦

ふと　瞼を伏せたまま　あの人は
呟いた　半ぶん独り言めいた
溜息まじりの　低い声で
〈ここへ来ると　ほっとするわ　なぜか〉

はっとして　ぼくは　思わず
あの人の伏し目の表情を　覗く

あの人の魂の迷宮から洩れでた
　この呟き　それを手繰れば
その入り組んだ迷路の一部が
解き明かされそうな　この
　アリアドネの糸

それは　ぼくの内耳の狭間で
　夜ごと　だんだん増幅する
　山彦となって　こだましつづけた
〈ここへ来ると〉〈ここへ来ると〉
〈ほっとするわ〉〈ほっとするわ〉
〈なぜか〉〈なぜか〉…

2　謎の間投詞

戦争の話をするのが好きな初老と
よく咳をする痩せた若者が
いるだけの　花瓶も額縁も飾り棚も
ない　殺伐とした地階の一室へ
降りてきて　あの人が　なぜ
〈ほっとする〉のか　その理由

親しげにお喋りできるT氏の存在が
その理由を一手に担うのなら
（T氏を好いているのだろうか
はたして　あの人は　ほんとに？）

T氏がいる時に　それも　T氏だけが
いる時に　打ち明けられるがいいはずの
あの告白めいた呟きが　なぜ
T氏の不在の時に　発せられたのか
その理由

ふと唇の端から洩れた謎めく〈なぜか〉
あなた自身にも　その理由を
明かさない〈なぜか〉
ひょっとしてあなたは明かされ
ぼくには明かされることを
拒んでいる〈なぜか〉

この謎の間投詞がくり広げる
　空白のブラックホールに
ぼくは　手作りの幻想の
環状星雲と楕円銀河を　鏤る
幻想が　ただ幻想だけが
ぼくの満たされぬ現実を
　救うことができる

幻想するのだ
あの人に示影針をを向け
　あの人に遠吠えする
ぼくの内海の地磁気の引力を
幻想するのだ
　ぼくだけが秘匿する

秘密のアルバムの中の
あの女店員像の神さぶ呪力を

幻想しつづけるのだ
しらずしらず　二階のあの人の
足裏の磁石を　階段へと牽き
〈なぜか〉と訝って立ち止まる
あの人の靴を　地階へと誘う
その引力　その呪力　を

3 内部の人

〈おうちはどこ?〉

〈河原町です〉

河原町―あの人に知られたくなかった町名　町を貫流する川の下流の　町のいちばん南端の　吹きさらしで吹き溜りの　町のいちばん見すぼらしい　町名　それをいちど口に乗せると　なぜそこに住んでいるのか　その理由を釈明するために　貧乏物語を避けて通れない　町名

〈そこの四軒長屋の一角の借家に　母とふたりで住んでます　生まれつき呼吸器が弱くて人並みの勤めを長続きできないぼくは　こんな臨時雇をしているし　あちこち転々として炊事婦や雑役婦をしてきた母も　手足のひどいリュウマチで　いまはマッチ箱やモール細工の手内職をしています〉

〈お父さんは?〉
〈父はぼくが三つのとき死にました　だから貧乏には慣れてます　家には家具らしい家具はないんですよ　金目のものといえば　小さな台所の妙にぴかぴか磨かれて誇らしげに光る鉄と銅とシンチュウとアルミの四つのナベ　くらいですよ　ははは〉
ぼくのすこし自虐趣味の高笑いに　あなたは　肩をゆすってくすくす笑いをした
〈じゃあ　これから　あなたを　〈オナベさん〉と呼ぶことにするわね〉

その翌日の昼休み　一階から地階への降り口の脇の手摺で　だれかと立ち話をしているあの人の笑ってうなずく顔が　相手の肩ごしに　ちらっと見えて　ぼくは　どきっとした

あのひとも　ぼくに気付く　その瞬間の　愕きも戸惑いもしない　まるでぼくの出現を予知していたかのような　あの人の　ふしぎなもの静けさを潜めた　一瞥　外部の人どうしの儀礼を無視して一礼も一語も投げない　まるで内部の人どうしの黙示を交わしあうか

のような　ふしぎな親近さを潜めた　一瞥

ああ　あの人とぼくは　いま　互いに　地名もない時刻もない内部空間の透明な塔の中の透明な螺旋階段でめぐり逢う内部の人　となったのか　あの人のわきを足早に伏し目で通り過ぎ　地階への階段を降りてゆく　ぼくの足は　すこし震えていた　いまにも背後から降ってきそうなあの人の囁きの幻聴に――〈オナベさーん〉

4　海峡の町

〈あなたのおうちはどこ?・〉
こんどは　ぼくが　聞き返す

その日　昼休み　あの人は
異例に長く熱く語った

そこからこの町へ　いくつかのトンネルを
抜けて　バス通勤する　あの人の
海峡の町の　四季のことを

野リスが駆けぬけた足跡に
冬イチゴが可憐な赤い実を
のぞける冬の峠の雪道や
カタクリの野生の群れの淡い
紫の花が乱れ咲く早春の湖畔や
キジバトやモズの飛びかう

鬱蒼とした初夏の広葉樹林や
海峡を挟んで　紅葉を火焔のように
燃やして　古い神々が　国引きの
争いを交わしたという　秋の半島
のこと

海峡に突きでた岬の突端で
尖った屋根を空に突き刺す
凛とした佇まいの灯台や
その窓をあけると魚や海鳥が
あわや跳び込んできそうな室内に
各地のいろんな灯台の写真と
若くして逝った母親の肖像を並べ
あたかも海と灯台と母親だけが

かれの生涯の原憧憬であったかのように
なん十年もそこに籠り勤め暮らす
澄んだ瞳の老灯台守り　のこと

5　碧蔵海岸

べつの日　あの人は　海峡の町の物語のつづきを　話した
〈この海峡は　冬から春にかけて　水ぬるみ雪解けるころ　はっと息をのむほどきれいよ
　中学生のころは　自転車でその海峡のそこら一帯を巡るのが　わたしの秘密の楽しみ
だった　今も　ときどき　そこへ　サイクリングに出かけるわ〉
〈おや　ぼくも　自転車に乗って風景を巡るのが　好きです　いちどその海峡まで自転車
で行ってみたい〉

〈いらっしゃいな　自転車で二時間か二時間半で来れるわ　碧蔵海岸を（このあたりはそう呼ばれているのよ）案内してあげる　ついでに　あの燈台守りにも会ってほしいわ　かれは根っこから海が好きな人よ　いつも海を見つめている人の目はあんなにも澄んでゆくのね〉

〈いらっしゃいな　自転車で〉　こんな厳粛な招きの言葉を　さりげなく投げかける　あの人の唇の動きを　ぼくは　すこし訝る視線で　ちらっと見た　明日の朝にも　あの人は　この招きのことを　忘れてしまっていはしないだろうか?

あの人の視線に触れられそうになると　ぼくは　あわてて　瞼の帆布を畳んで伏せた　瞳孔の舷窓から　異様に立ち騒ぐ内海を　覗かれるのを　異様に波打つ吃水線　異様に高く跳ねる飛び魚の群れ　を覗かれるのを　怖れたのだ

6　いてください　そこに　―第一の手紙(未投函)―

その日から　ぼくの日記は　たびたびあの人への語りかけに　変わり　語りかけは　あの人への投函されない手紙に　変わった　いつかあの人へと近づく季節と距離が熟して投函される日を夢想する手紙に

〈この日曜日　午後になって　にわかに空がかき曇り　残雪の斑に散乱する北の山々の向こうで　春雷が轟いていています　春はもうすぐ山々の向こう側まで迫ってきていたのですね
　しかし　春は　やって来るのでしょうか　ぼくの閉ざされた暗い暗い盆地にも　いちめんに覆っている孤独の積雪をさわやかな春泥に溶かし去ってくれる優しい春は?

毎日が陰鬱でたまりません　ときおり　生きていることに嫌悪を感じます　ぼくの日

日は恐ろしく単調です　長屋と役所の間をきめられた時刻にきめられた道順で往復し　きめられた職務をくり返す　能なしの単振動の振子の　毎日　途中の三叉路に立っている櫓の形をした古風な時計台は　定刻に自転車で通過するぼくの姿を見て　おや今日は三秒遅れているぞ—などと呟きながら　自分の竜頭を廻しているかもしれません

ぼくのほとんどの時間は　働いている時間もだれかと談笑している時間もテレビを見ている時間も本を読んでいる時間も　空ろに流れています　その空ろさを透かして浮かんでくる遠くの地平線に　ぼくの病んだ暗い目線は　どうしても　死の国を覗いてしまいます
　これらの空ろな時間を充実した時間に転換できる　たいてい人が持っている　逞しい生活力が　ぼくには　欠けているらしいのです　ぼくのこれらの時間は　つきつめれば一歩一歩　一刻一刻　死の国へと近づいてゆくその途上で　死の不安や恐怖を紛らすための　時間潰し　でしかないのです

いま　窓外の暮れそめる黄昏のなかを　北の山々から　滄々とした早春の風が　吹いてい
ます　その鬢々に　かすかに　潮の匂いにまぶされたあなたの磁気と体臭を　ぼくは　嗅
ぎます　この盆地を通り抜けるどの風も　北方から　いくつもの山脈を越え　あのまだ
見ぬ碧蔵海岸から　吹き渡ってくる　と思えてなりません

では　あなた　だったのです　ただひとり　あなただけ　だったのです　見渡すかぎり無
人の　地平線に星空にあわや触れんばかりの　広漠としたぼくの孤独圏の　その境に　立
ってくれている人は

そこに　そのまま　いてください　ただ黙って立って　いてください　ときおり夜風にま
じって飛来するぼくの渡りの野鳥の声のひとりの聴き手となって　なにも答えなくていい
ただ黙って聞いていているただひとりの聴き手となって　そこに〉

7　限りなくペダルを漕いで

いまは春　しばらく凪いでいたのに
また無気味な咳と痰を
だしはじめ　そのことを
母にもあの人にも隠していた
そんなぼくの呼吸器　のことが
しばし　忘れられるなら

いま　日曜日　あの人の海からの
磁力線が　ぼくの心臓と足首に
埋められた太陽コンパスを
北へ北へと惹きつける　いま

すぐにも　地図と磁石と水筒を
ザックに投げ込み　自転車にまたがり
燃える原憧憬の炎の力で　ぼくは
限りなくペダルを漕ぐことができる

いくつもの　丘　峠　高原　を越え
いくつもの　村と町　果樹園と橋
を横切り　だんだん濃密になる
海峡からの潮風の塩と藻の匂いを
嗅ぎわけながら　北へ　北へ

ついに　あの人の町へ着く
海峡が　水平線が　半島が
岬が　灯台が　見えてくる
灯台へ登る石段の下で　前髪を
潮風に翻しながら待っている
あの人が　手を振っているだろう

さすがに疲れて喘ぎながら
あの人の足もとにしゃがむ
ぼくの姿は　あの人の瞳に
長い孤独の旅を終えたばかりの
放浪の旅人に　映るだろう

そして　ぼくの頭髪や帽子や服や靴に
付着する　流れ星や三葉虫の化石や
迷子石の破片　高山植物の花粉
水棲昆虫の脱け殻　野生馬の栗毛
などの一つ一つを　あの人の指は
なぜこんなものが——と訝りながら
振り払ってくれるだろう

そのあと　あの人は　ぼくを　灯台の
内部へいざない　あの老灯台守りを
交えた三人で　共通の原憧憬である
海の　その魅惑について　語りあい

それから　ぼくがおずおずと
リュックから取りだす　あの人に
聴かせようとひそかに忍ばせた
カセットテープ　を囲んで
三人は　透きとおった二つの
海の音楽を　聴くだろう

抒情と郷愁の潮風に波立つ
青磁色の海を　彼方へ彼方へ
旋回しながら　リラの花咲く
過ぎた初夏の頃の楽しかった
日々を追慕して　悲恋の
悲痛な歌声の海鳥が　鳴き渡る
ショーソンの〈海と愛の詩〉　そして

海への憧憬の漁火を焚いて
追尾しあい　重なりあい　抱きあい
舟人と水の精の　相聞の二重唱が
悲愴に　法悦に　共振しながら
遠のいてゆくさざれ波に水平線へと
運ばれ　しだいに　滄々とした
涅槃に涵されて　息絶えてゆく
ヴォン・ウィリアムズの〈海の交響曲〉

さらに　あの人は　ぼくと
螺旋階段を登り　高窓を
あけ放ち　右手に　蒼古の神秘さと

清澄さで烟る碧蔵海岸を　指さし
左手の　海峡を吹きぬける海嘯に
まじって　半島から響き渡る
かすかなアルペンホルンに
ぼくの耳を澄まさせるだろう

8　自転車　―第二の手紙（未投函）―

日記は　あの日のあの人の自転車に触れた言葉を思いだして　第二の投函されない手紙を
綴る

〈ぼくは日曜日には自転車でサイクリングを試みています　すこしづつ呼吸器を慣らさせる
ために　あなたが　ぼくらの内部の深い泉から湧きでる歓びの一つである大地を巡るサイ
クリングを〈わたしの秘密の楽しみ〉と語った　あの日が　きっかけとなって

自転車に跳び乗り　空間を鋭く削いで　走る　すると　たちまち　ぼくは　ちょっとした
半牧神　に変わります　街々を蹴散らし　風をきりきり舞いさせ　樹々の行列を閲兵し　丘
を旋回させ　雲を呼び寄せ　河を逆流させ　地平線を彎曲させ　太陽を追い越し

人里は離れた野道でときどきすれちがう　リュックを背負い変速付きの自転車で独りさっ
そうと風を切る　若い自転車野郎　を見ると　ぼくは　思わず手をあげ　やあ今日は―と
声をかけたくなります　かれとぼくとは　疾駆の歓びを追う四足獣の血を受け継ぎ　大地
を探訪する　初期一族　の契を　暗黙に交わしていたのです　から

ぼくにとって　サイクリングの時間　それは　ぼくの日常の時間を占める時間潰し　生から死へと流れる途中経過の空虚を埋める時間潰し　ではありません　それは　ぼくを沈める夥しい仮死の氾濫のなかの　浮揚する時間　生きられる時間　のつつましい貴重な一齣　なのです　あなたにとっては　どうなのですか?

それにしても　いつ　あの日は　訪れるのでしょう　ぼくがあなたと並んでペダルを漕げるあの日は　いつ?　成熟を待たねばならない青く硬い果実なのでしょうか　あの幻の日は?　では　今日はこれで　ご機嫌よう〉

9　追憶の海　―第三の手紙（未投函）―

〈あの日　あなたは　灯台のことも　話しましたね　そのとき　ぼくは　少年の時に一家と移り住んだ海辺の町で見た灯台のことを　想いだしていました

ぼくが小学二年生になったばかりの春　一家は　山国から　この造船所のある町に　移り住んだのです　空に恐竜のいかつい鎌首をもたげるクレーンを並べる造船所のわきで　その町は　暖かい風のそよぐ日にはいつも　潮と魚貝と海藻の野生の匂いを　路地のすみずみにまでほんわかと漂わしていました

初めてみる海　ぼくの原憧憬である海　を前にして　ぼくは　ふしぎに静粛でした　あっ　海だ！―と歓声をあげて駆けだすはずのぼくの内部の海の太古の記憶は　ずっと山

国で生まれ育った長い季節にすっかり眠りこんでしまって　ふいに海へ連れだされ　寝ぼけ顔で海と面座しながら　海だと分からなかったのでした

石組みの突堤のある河口近くにゆくと　いつも　ミズクラゲたちが　ふわふわ半ぶん午睡しながら円陣を組んで　ぼくの来るのを待っていました　潮溜りにしゃがむと　四方から　フナ虫やトビ虫やイソガニやハゼが　ぼくに　触覚や鋏を振りかざして　初対面の挨拶をしながら　走り抜けてゆきました

内湾は　朝と昼は銀の波で　夕べは金の波で　きらきら煌いていました　投錨する汽船たちは威儀を正して並んでいました　右手の造船所に続く海岸線は遠くへ遠くへと伸びてゆきながらいつも淡い紫色に烟っていました　そして　その突端が消える手前に　陽炎か蜃気楼のように朧げにゆらめきながら　長い首をもたげた白鳥の姿で　小さくぽつんと　佇んでいたのでした　その灯台は

ふだん　ぼくは　灯台のことを忘れていました　しかし　海辺でみんなと海水浴や潮干狩
や砂遊びで無心に戯れているとき　ふと　ふり向くと　そんな遠くからでも　ぼくに　見
守るような眼差し　呼び掛けるような瞬き　を投げかける　その灯台　に気付きました
そして　そのたびに　いつか灯台まで行こうと憧れました

ぼくの小さく限られた行動圏は　造船所の付属病院やテニスコートの横を登ってゆく　松
林に囲まれた　まるで時間が止まっているような森閑とした峠道の　上り口で　立ち止ま
り　峠を越えた向こうに　まだ見ぬ風景を幻想するのでした　広がっているだろう青々
とした果樹園と牧場と森　点在するだろう美しい村々の赤や青の屋根　蛇紋曲線を曳いて
伸びてゆくだろう海岸線　そこをすいすい漕いでゆくだろうぼくの買ってもらえない幻の
小さい自転車　その行く手に待っているだろうその灯台

そして　この胸の奥に蔵われたこの秘密の憧れを折り畳んだまま　ぼくは　一家とともに次の夏が来るまえに　慌ただしく海辺の町から引越してゆかねばなりませんでした　母の工員相手の下宿業がうまくゆかなったのです　では　今日はこれで　ご機嫌よう〉

10　海の詩集　――第四の手紙（未投函）――

〈先だって賑わう都市の大きな書店に立ち寄ったときのこと　ぼくは　華やぐ夥しい本の仮装行列の間を縫って　本たちが分泌するすこし黴くさい匂いを嗅ぎながら　例によってなかなか見つかりそうもない内部の鳥を羽搏かせる本を　探していると　文学のコーナーの隅で　ひっそり開いたページに見入っている少女を　見かけました

なんの本を読んでいるのだろう？　ぼくはこっそり少女の背後に近づきました　その透き
蚕のように透きとおったうなじをそっと覗けば　少女の内部で　ページをめくる少女の指
を操る言霊のようなものが　見透かせそうな気がして

表紙にちらっと〈海〉の印字が見えました　それはきっと海をめぐる詩集でした　この
巷の喧噪の只中から　もう呼び返す声の届かない遠くの無心の水平線で　ひたすら　少女
の　瞼の舷窓は　語感の海鳥たちを追い　指の櫂は　行間の島々を帆走し　耳の貝殻は
語韻の潮騒に涵されていました

そのとき　少女は　孤独でした　どうしても　孤独ではないはずがないのでした　純粋な
詩は　孤独の深い暗い泉から　湧きだし　歌われ　聴かれる　のですから　しかし　ほか
のときは？　そのことが気になりました　ぼくは　祈りました　ほかのときも少女が
孤独であってほしいと　しかも　その孤独が　ぼくの孤独と同じ形を　嘆きの掘っ立て小

屋でありながら同時に祝いの塔でもあるそんな形を　していてほしいと
書店を出て帰り道すがらずっと　ぼくは　幻想していました　これらの二つの孤独が　水晶の椅子になって　だれもいない砂浜に　持ち寄られ　並べられ　そこに置かれた海の詩集の　潮風の指にめくられた一つのページを　いっしょに口ずさんでいる　そんな超現実の光景を〉

11　花咲くアンズの木陰で

ある日の午後　あの人は　妙な身振りをした　いちど室を出てまた引き返し　手帳からひきちぎって走り書きしたメモ紙を　こっそりぼくに差しだし　〈すぐにでなくていいから

この正しい訳を教えてほしい〉と言う　そこに書かれた異国の言葉――〈Biblical Recital Association〉　辞典を開けばだれにでも訳せそうななんの変哲もないこの三つの単語

ぼくは　訳を書き添えたそのメモ紙を　ポケットに入れ　いつでも手渡せるつもりでいたのに　それからなん日も　あの人は降りてこなかった　あの人はあのメモ紙のことを忘れてしまったのだろうか?　内ポケットに宙ぶらりんになったメモ紙はいらいらやきもきばかりしていたのに

そんな昼休み　ぼくは　思いきって二階の総務課へ行ってみて　不在だったあの人を捜して　ふと窓から下の前庭を覗くと　だれかと立ち話をしているあの人の後姿が　見えた

前庭に出て　いちめん淡紅色に染まって花咲く（その名をすぐあとであの人が教えてくれた）アンズの大きな老樹の　わきの（その名もあとであの人が教えてくれた）コマユミの灌木の葉陰のベンチに　そこで立ち話が終わるのを待とうと　坐りかける　ぼくに　ふと

ふり向いたあの人の視線が　気付く

とっさに　ぼくが内ポケットから取りだしたメモ紙をひらひらさせるのを見て　あの人はやっと話し相手と別れ　ちょっと眉をひそめた微苦笑を浮かべながら　近づいてきて　ぼくが　差しだすメモ紙を　ほとんど目もくれないでポケットに蔵うと　また微苦笑した
〈もういいの〉

そのときの　ちらちら斑に散乱する木洩れ日に映えて　すこし羞明にちかちか点滅していた　あの人の睫毛の瞬き　いっしゅん　この睫毛に　ぼくの宇宙が　小さなビーズ玉に凝集して　吊りかかる—そんなシュールの幻覚が　流星の閃きと速さで　ぼくの目前を斜めに横切った　この睫毛が　ぼくを否んで伏さると　ぼくの宇宙は地面に落ちこなごなに砕け散るだろう

あの人はぼくに並んで腰かけた　あの人の体が放つ濃密な甘美さの肉の薫り　いっしゅん　ぞくぞくっと戦慄が脊椎をた走り　くらくらと目まいに揺れる視界に　あの人の体を海の風景と絡めてゆらゆら浮上する蜃気楼が　浮かんで見えた　黒薔薇の繁る砂丘　逆茂木の囲う断崖　水晶藻の揺らめく三角州　赤葡萄酒色の内湾　…

〈勤めることってなにかと煩わしいわね　あんなふうに立ち話をすることだって　ときには儀式として　いやいやでも　しなくちゃならないのよね〉と言いながら　あの人は　頭上の枝に手をかざし摘んだ五弁のサクラ色の花弁を一つ　ぼくの掌にのせた　〈この樹の名しってる?　アンズの木よ　薬を撒かないと　これから毛虫がいっぱいつく　夏に　そうね　ちょっとスモモに似てるかな　野生味のある甘酸っぱい実が　なるわ〉

そのあと　二人は何を話しただろう?　どきどきする心臓をかかえて緊張しっぱなしの

ぼくの　耳は　うわの空で聴いていたし　口は　言葉を舌の上にうまく並べられなくて　あの人が何を話したのか　ぼくが何を話したのか　憶えていない

ふいに　烈しい羽音をたてて　ヤマバトの群れが　頭上を飛び去った　その飛影を見送ったあとで　あの人は　急に両肩をひくひくさせて　思い出し笑いをした
〈つい先日　こんなおかしな夢を見たわ　どこかの並木道を歩いていると　ふいに　麦藁帽子を目深くかぶって顔のわからない少年が　現われ　わたしの手を掴んで　並木道のまっすぐ前方の波止場の方へ　ぐんぐん引っぱってゆくの〉
〈その少年はなにか言いました？〉
〈なんにも　しゅうし無言　ただ　波止場に泊まっている白い遊覧船を指さして…　それから…〉
あの人は　また急に両肩をひくひくさせ　ちょっと微苦笑しながら　口ごもった　なぜだったろう？

あの人は　それきり　夢のその先の話を　しなかった　少年が　遊覧船を指さして　そ
れから　どうしたのか？　二人は波止場まで行ったのか？　行ったのなら　そこで何が
起こったのか？　ぼくもそれきり訊ねはしなかった　あの少年がだれなのかおそるお
そる分かっていただけ　これいじょう訊ねるのは　面映い感じがして　ためらわれた

その夜　寝床で　あの人の移り香の名残りの漂うぼくの顔は　火照りっぱなしで　寝返り
ばかり打ち　興奮した麦藁帽子の少年の幻影に駆けずり廻されたぼくの熱っぽく腫れた瞼
は　明け方近くまで　まんじりともしなかった

12　花薫る五月

いま　花薫る五月
二年前　肺の奥の所在不明の傷口から
血痰が出てから　受診していた
医院へは　もう長いことご無沙汰だ

病状が落ち着いて通院を終える
祝いの日のことが　思いだされる
〈先生　自転車に乗っても
いいですよね　ゆっくり漕げば〉
とすこしはしゃいで訊ねるぼくの
頭上に　あの老医師は　謹厳な顔つきで

審判の冷水を浴びせたものだ

〈きみの肺は複雑にひび割れたコップ
　である　いったんひび割れたら
もとへ戻れない　　ちょっとした振動で
出血する恐れは　きみに宿命的に
ついてまわるだろう　わたしは
きみに　自転車に乗ることを　禁じる〉

あれから一年半　いま　花薫る五月
自転車の解禁の月　　日曜日ごと
自転車に跳びのり　すこしずつ
　距離を伸ばし　遠乗りするぞ

いま　花薫る五月
お花畑は　レンゲやナタネや
ミツバチの開く　地鎮祭
かれらのお祓いと祝祷を
浴び　ふしぎな静粛と
浄福に包まれた　ぼくの
呼吸器の浸蝕海岸

広げた地図の上で　ぼくは
味わう　北上する道路の縦糸に
未知の風土の地名の横糸を
交差させ　サイクリングの
道程の金襴の帯を　あの人の
海峡の町へと　綴織ってゆく　歓び

長い旅路が走破され
ああ　もう近い　あの日は
同じ方向に髪をなびかせ
同じ角速度でペダルを漕ぎ
　海をへめぐる　あの日
自転車と海と愛　この
　三つの原憧憬の彗星が　真昼の
海岸線にそろって並んで　騎行する
秘蹟の　あの日は
いま　花薫る五月

III　浸蝕

1　消えた飛び魚

そんな五月の終わり　あの人の海峡の町のできるだけ近くまでサイクリングの予行演習を試みるカレンダー上の日曜日が　赤鉛筆で丸に囲まれたばかり　なのに

そのころ　だれにも　母にさえも　内緒だったが　ぼくの体調は　怪しくなっていた　なんとなく食欲が落ち朝から体がけだるい感じ　肺尖や肩甲骨や肋骨を迷走する鈍痛　夕暮れ近くなるときまって頬や耳朶にぼおっと焙りだされてくる火照り　暗灰色や膿汁色や赤褐色に変わる無気味な痰の色

それらはみんな気のせいによる一時的な仮象だ――と自分に言いきかせていたぼくに　こんな不吉な夢が　浮上してきたのだ　あの赤丸で囲まれた日曜日がもう二日と迫っていた夜

中に
…にぎった拳の中で　なにかもぞもぞ蠢くものが　いる　拳を開くと　ルビーのように真紅に光る毛羽立ったビロードの翼をもつ飛び魚が　ぱっと羽搏いて　たちまち空のどこかへ飛び去った

どこへ？　きっと　海の匂いのする方向だろう　その果てにはあの海峡の町があるはずだ　ぼくは　飛び魚の飛跡を捜して　路地から路地へ　街から街へ　走り抜けてゆくがどこの路地もしーんと静まりかえっている　道を尋ねようにも人影はない　方向を知ろうにも道標はない

疲れた足は思うように動かない　ぼくは　もう進むことも戻ることもできない遠い遠い

異郷の地へ　迷いこんでしまった　ぼくは　ひどく咳こんで　道端にしゃがんだ　口は　ぞろぞろ数珠つなぎになった痰を　吐きはじめた　…

目覚めると　背中はびっしょり寝汗で濡れていた　ぼくの呼吸器の浸蝕海岸に　ふたたび地異が　起こりかけていたらしかった　夢は　迫ってくる地異を　予告し警告していたらしかった　それにしても　なぜ奇怪なほど華麗な飛び魚が現われたのか？　なぜそれは行く方を掻き消さねばならなかったのか？　不吉なことばかりだ

2　血の付いた自転車

いよいよ　あの人の海へ向かって　試行の自転車を漕ぐ日曜日の朝が　きた　ふしぎな

ことに　その朝の気分は　あの無気味で不吉な夢をせせら笑って蹴とばせるほど　いつに
なく爽やかだ　　ぼくは　地図と磁石を入れたリュックを背おい　あの人が通勤するバス
道路を　川沿いに北へ北へとペダルを漕ぎはじめる

一時間半くらいたった　　ぼくは　いくつもの村や町の駅やバス停を過ぎ　二つの大きな
川の橋を渡り　三つの長いトンネルを抜け　精錬所の背の高い煙突を突き立てる鉱山の町
へ入った　　地図を見ると　この町は　ちょうど海峡の町までの中間点　だ　　もう　あ
と一時間とちょっとだ　がんばろう

とはいえ　これまでこんな長い距離をいっきにペダルを漕いだ憶えのないぼくの内臓たち
や筋肉たちの驚愕と反乱　それに容赦なくぎらぎら照りつけるガンメタルグレイの太陽の
直射　のせいで　ぼくの口は　両肩を上下に揺すって荒い息をかき　ぼくの胸は吹きだす
汗でぐっしょり濡れていた　　ぼくは公園の森の葉陰のベンチで休んだ　　目前を　なに

かの祭か行事の行列が　小旗をふって　ぞろぞろ行き交っていた

ふたたび出発だ　この町を出たバス道路は　これまで寄り添ってきた川を離れ　急な坂道を丘陵の方へ登りはじめた　ぼくは　大きく彎曲して丘陵を迂回する川沿いの田舎道へ　進んだ　道は　川沿いの集落や竹林や溜池を掠めたあと　うねうねした七曲りの山林の獣道を抜けると　川も家もかき消して　だだっ広い寂漠とした田畑と草地に迷い出て　その果てに　空を半ぶん覆って肩を怒らせたいかつい山脈を　空に突きたてていた　その暗い憂鬱げな山麓で　道は　急に先細になって吸いこまれ　ぷっつり立ち消えていた

　ぼくは道を間違えたらしかった

道の方位を訊ね調べようにも　人影も道標もないし　地図を広げてみても　現在位置が分からない　消えた飛び魚の夢の中の道に迷って途方に暮れた光景が　瞼に浮かんできた　急に不安が高まった　汗が顔や首に吹きだし　気管支の奥で　血と痰が　入り乱れ

て　ぶくぶく　ごろごろ　泡立つ音を　立てたなにか尋常ではない地異が　肺の浸蝕
海岸で　起こりかけているらしかった

自転車を曳きずって　前方に見える壊れかかった水車小屋へたどり着いた　ぼくの　口は
急に喉をひくひく震わせる痙攣で気管支をえぐられ　烈しく咳こんだあと　どろりとし
た痰の塊を吐いた　ぷーんと塩からい味がした　血痰だった！　一部がサドルにケ
チャップのように飛び散っていた　ちょっと目まいがした　耳朶で　あの老医師の審
判の声が　聞こえた──〈出血する恐れは　きみに宿命的に　ついてまわるだろう　わた
しは　きみに　自転車を乗ることを　禁じる〉　心臓がどきどき半狂乱で早鐘を打ち　耳
のすぐわきで　これまでの昇降運動を中断して　血流が　ごうごうと怒声とも悲鳴ともわ
からぬ叫び声をたてて　どこへ流れてゆけばよいかわからず　右往左往していた
ぼくは　水車小屋の陰にしゃがみ　顔を両手で覆って　突然の浸蝕海岸の決潰に動転した

血の乱心が　鎮まるのを　じっと待つほかなかった　口から滴る血痰の続きを　直視する気力を失って　ぼくは　瞼を閉じたまま　ハンカチで拭った

3　呪われた呼吸器

ぼくの呼吸器は　生まれつき　ひび割れていたらしかった　あの老医師が厳かに審判したとおりだ—〈きみの肺は複雑にひび割れたコップである〉　母胎の中ですでに脆い薄玻璃細工であったぼくの呼吸器は　狭い産道を通過するとき　ぐしゃっと音を立てて　いちめんに深い亀裂を走らせたらしかった

幼稚園児のぼくが　洞細気管支炎にかかり　烈しく咳きこむうちに　それを重い肺炎へと

こじらせてしまったのも　この先天的なひび割れのせいにちがいなかった　高熱が　肺の奥深くになん日も居坐ったまま　がんとして引き揚げを拒み　ぼくの呪われた呼吸器に手当たりしだい狼藉を働いたのだ　いたるところで　気管支や肋骨を剥ぎ取り　間質や気胞をくり抜き　静脈や神経を折り曲げ　毛細血管を寸断し

病床のぼくの朦朧とした意識は　高熱でこのまま体が蝋細工になって溶けてしまう恐れに怯えていた　裸電球にぼおっと照らされた天井の節目や木目が　眼玉を剥き口を引き裂いた凄まじい死に神の形相に　変わった　家族の者が寝しずまった深夜　熱にうなされたぼくの視野は　ゆらゆら波状に揺らめいて　鬼火や狐火や陽炎の火焔紋様を　踊らせるのだった　そのとき　ぼくは　死の国の境界線が見渡せる　もうなん歩か進めば境界線を跨ぐ　そんな生の国の地の涯を　さ迷っていたにちがいなかった

その長わずらいから　ぼくの呼吸器は　いっきょに　浸蝕海岸になってしまった　そこ

からたえず流出する流砂や海泡石や貝の化石や魚の骨のようなものにひっ掛けられて　ぼくの喉は　しょっちゅう　エェンエェンとかケェーケェーとかケッケッケッとかの奇怪な咳払いを繰り返しながら　その切れ間で間欠的に　堆積したそれらの流出物を　烈しい咳の発作で　吐きだすのだった　あれからずっと　今もだ

4　相続された呼吸器Ⅰ

ぼくの知っているはんいでも　呼吸器の病気で死んだ直系の血族は　三人いる

毎年　木枯しが舞う晩秋や春の嵐が吹き荒れる早春になると　屋敷じゅう近所じゅうに響く　凄まじい咳込みで　まだ明けやらぬ暁の静寂を切り裂き　まだ白河夜船の家族たちや

近隣の村人たち　ばかりか　家畜小屋でうつらうつらする雄鶏や牝牛たち　裏山の雑木林でうとうとするカラスやヤマガラまでも　叩きおこす　喘息発作の年々を　続けたあと　咳込みに注ぐ法外な熱量に体力を吸い揚げられ、声帯を潰された　あげく　ぽかんと口を開けたまままこと切れた　父方の祖父

晩夏の夕暮れ　仲間と川へアユの夜釣りに出かけ　翌朝　帰宅すると　激しい悪寒に全身を揺さぶられて　倒れ込み　二週間も続いた高熱に肺を焼かれて　（生まれつき腺病質で痩せていた父の肺も　脆かったにちがいない）　急性肺炎で　あっけなく　明け方　夜露とともに　地上から霊魂を蒸発させられた　父

小学五年生のころ　肺結核にかかり　ムギ畑で捕えたバッタを火焙りして食べさせられたり　生きたままアルコール漬けにされたマムシの薬酒を呑まされたり　鎮守の森の内陣の石畳で家族といっしょにお百度を踏まされたり　しながら　しだいに蒼白く痩せ細り　呼

吸を荒くして　ほとんど咳もせず（もう咳くだけの力もなかったのだ）　一滴の血も流さず（もともと貧血気味でそんな余分の血なんかなかったのだ）　ことりとも音をたてず　秋のある冴えきった月夜に　かぐや姫のように昇天していった　妹

5　死の影

あの幼年の長わずらいからぼくの背後にまとわりついていたらしい死の影が　なにかのひょうしに　ぼくの前を横ぎって　ぼくを怯えさすことがあった

小学生のぼくは　ある日　先生に連れられ　クラスのみんなと　公園の奥の衛生博物館へ出かけた　外はま映ゆいほど明るいのに　その建物は　薄気味悪いほど暗く　なにか幽

気のようなものの醸しだす冷気を　漂わしていた

二階には　人体や内臓の模型　病原菌の顕微鏡写真　猩紅熱や天然痘にかかった赤斑だらけの幼児の顔や眼球と喉仏がとびでたパセード病の女の顔のレプリカ　ホルマリン漬けにされた結核患者の血痕のついた灰色の肺の塊　などが　並んでいた

それらの様々な病像の密集方陣の間を　けらけら笑ってふざけながら　すり抜けてゆく　みんなの大胆な身振りが　ぼくには　ふしぎでならなかった　こんなにもいろいろな病魔と死に神に取り憑かれた呪われた病像の陣形に囲まれ　その包囲をくぐりぬけて生きのびるのは　ずいぶん難しい業であるはずなのに　よくも平気でいられるものだ

もっと怖ろしい形相の病魔や死に神に取り憑かれた病像が　勢揃いしているにちがいない

二階へ　すたすたわれ先に階段をかけのぼる　みんなの後姿を　感嘆の目で見やりなが
ら　ぼくは　こっそり手洗いに行く身振りをして　後ずさりした　そして　病魔や死に神
にこんなにも勇気ある態度で向かいあうことができるみんなを　とても偉いと　思った
手洗いに隠れて　とうとう　ぼくは　二階へは行かなかった

それから間もなくだった　ぼくとそんなに親しくはなったがいつも教室の隅っこに物静か
に坐っていたあの同級生が出血を止められない病気で死んだのは　かれは　いつも頬や
唇や爪を　寒さでかじかんだ人の紫がかった皮膚の色で　染めていて　ひと目でチアノー
ゼか紫斑病か血友病かなにかの血液の病気持ちだと分かった　放課後や体育の時間には
かれは　いつも　教室の窓辺で頬杖をついて　囚われ人の諦念と憂愁のいりまじった眼
差しを　跳びまわるぼくらに　投げかけていたものだ

ある朝　急にわけのわからぬ疲労感と嘔吐感に襲われ　近くの病院で応急処置をされたあ

と　母親に付き添われ帰宅する途中のかれの　採血の注射器で刺された腕の傷口から　な
にが気に入らないのか不機嫌になった血は　じぐじぐ絆創膏の下から湧きだし　途中の薬
局で買ってぐるぐる巻きにした包帯もみるみる血染めにし　帰宅してからは　いっそう怒
りぽくなって　歯ぐきや鼻孔や腕の皮下から溢れだし　死ぬ前の二日間を傍若無人に暴れ
まわったそうだ

生と死は　紙一重でくっ付きあった　一枚のカードの裏と表　のようだ　カードはいつ
裏返しになるか分からない　明日の午後にもそれが起こらない保証は　神々にも　約束
することはできないのだ　ゆいいつ死に神を除いては

6　相続された呼吸器Ⅱ　―ワカナの生と死―

ぼくの一族で呼吸器の病気で死んだ者が何人いるか分からないが　なんといっても　ぼくの呼吸器の決定的な祖型は　入り組んだ血統の河を枝分かれしながら　ぼくの胸部に漂着してきた　母の父の妹のワカナの血染めの呼吸器　にちがいない　烈しく咳きこんだり血痰を吐くたびに　ぼくの瞼に　母から聞かされたワカナと死に神の間の攻防の惨劇が　浮上してくる

若菜―このみずみずしい命名で祝福されて―誕生したワカナの　肺は　いきなり　死に神に取り憑かれていた　死に神は　かのじょの肺の苗床に病原の菌糸や酵母菌や胞子を蒔いて　かのじょが医院や病院や療養所をたらい廻しにされる間に　色々な病名を　花咲かせてゆく　小児喘息　気管支拡張症　間質性肺炎　肺膿瘍　…

だんだん咳込みも排痰も烈しくなり　痰はたびたび血痰に変わった　壊れて露出した土管の口を開けた肺の血管が　ちょっとした拍子に　血を吐いたのだ　止血剤なんかなんの足しにもならなかった　買物にでかけた途中で　ふいに喀血することもあった　そのつど　病院に担ぎこまれ　肺を切開して　コルクか漆喰か粘土かなにかわからぬ詰物で　傷口を塞ぐ　手術が　執行されるが　長くは持たない　死に神が　そんな詰物をすぐに踏み潰して　ひょいひょいと魔法の扇子を振る水芸人の手付きで　好きかってに新しい血の吹き出し口を　穿ってゆくのだ

こんな手術を三度したあとでは　〈どうすればいいんですか?〉と悲嘆に沈んだ声で尋ねるワカナに　医師たちは　目線をあらぬ方へ投げて口をもぐもぐさせるほか　答えようがなかった　もうかれらにもどうすればよいか分からなくなっていた

もの寂しい山里の秋のある夕べ　ふいに夕闇をついて　ワカナの叫び声が　離れ屋からつっ走った――〈だれか来てぇ！〉　主屋からかけつけた家人たちは　土間に　ざんばら髪でしゃがみ　恐怖に見開いた目で　半ぶん開きかけた障子を指さし　〈ほら　あそこに　男が立っている　黒いシャツを着て　ほら〉とわめく　狂乱のワカナに　驚かされる　それはあとで考えてみると　死に神の仕業　であった　もう用のなくなったワカナの体内から退場する身支度をしていた死に神は　最後にいちど　自分のりゅうとした伊達姿を　ワカナに見せておこう　と思ったのだろう

つねひごろ　ワカナは　死期が迫ったら自分の体を裏山の沼の水辺に近い森の暗がりに横たえてほしいと　冗談まじりに家人に頼んだ　あと〈これがわたしの遺言よ〉と急に真顔になって付け足すのだった　幼いころ　友だちと花摘みに出かけた　裏山の沼の　囁きかける風　ほほ笑みかける雲　戯れあう浮葉植物　追っかけこしあった水生昆虫　かれたちに見守られ　瀕死の禽獣たちだけが知っている　大地の地母神の懐に抱かれ　静寂で自若とした死を　ワカナは　切に祈っていた

死に神は　この沼へ運ばれてゆくワカナの体から　途中で逃げだすはずである　かれは
大地のただ中におかれた死者　星空や風水や花木の匂いに浸透され満たされ　自分の侵入できる間隙などない　死者の死体を　忌避する　死に神は　会葬者の人数や弔辞の多さを気にかける死者を　好む　なにしろ　かれは　できるだけ多くの人々が　死者の顔を覗き　そこに刻印された死の絶大な威力に畏怖する　様子を　自分の目で確かめておきたがったのだ

その日の前夜　ワカナは　薄気味悪いほどもの静かであった　肺からの血流の海潮音も喉からのもがり笛も　妙に凪いでいた　死に神が　昼間のうちに　ワカナの体から引き揚げてしまっていたのだ　その日の朝　家人たちは（その中にまだ幼かったぼくの母を含めて）　離れ屋にいないワカナを　手分けして捜しまわった　あげく　裏山の雑木林の中に倒れて息絶えているかのじょの姿に　驚き慌てた　ワカナは自分の遺言を自分で執

行しようとしたのだ　遺体には　腐葉土や落葉が　降りかかっていた　わずかに開いた唇を覆う一葉の　紅葉の朱は　さながら晴れて旅立つ者の顔を粧う祝いの口紅のように見えた　家人たちは　互いに顔を見合わせ　こんなに爽やかに安らいだワカナの顔を一度も見た憶えが　ないと　口々に語りあった

7　病院にて

あの魔の日曜日　ハンカチで飛び散った血を拭った自転車をそろりそろり漕いだり曳きずって帰る道すがら　ぼくの口は断続的に血痰を吐きつづけていた　月曜日　受診した病院で　ぼくは　即入院することになった　翌日　母といっしょに　入院費を生活保護で支払う係の福祉課の役人が　長い廻廊をいくつも曲がって　奥の病棟の四人部屋まで　付き添ってくれた

病室のベッドに横になって　三人の患者が　メモ紙にエンピツで書き込みながら　口でやりとりしていた　仲線工の若者が〈ううしし　うしう　…〉と奇怪な呪文を唱えると　向いの初老の米屋が〈三番は《う》でどうじゃ〉と横槍を入れ　隣の中年の商社の課長代理が〈ちがう　三番は《し》だな〉と切り返す　いったい三人は何をがやがや騒いでいたのだろう?　ぼくは　なんだか途方もない異郷の地へ投げこまれたようだ　言葉の通じない異邦人の孤独で封印された顔を　枕に埋め　イアホーンから流れてくる陽気なラテン音楽を空ろな目をして聴いていた

注射や投薬をしてみても　血痰は　続いた　担当医は〈ブロンコをしてみよう〉と看護婦に言った　すぐ　肺にパテ状の白い造影液が流しこまれ　ぼくはレントゲン室に運ばれた　無数の触手を花開く華麗な珊瑚樹の形をしたぼくの肺の浸蝕海岸のX線写真を覗いて　医師は〈どうも出血場所がはっきりしないな〉と呟きながら　なんども首をかしげ

たあと　幼稚園児のときの重い肺炎で破壊され　X線に写らない　深層の病巣が　まだしぶとく残っているにちがいない　と結論した

その間も　ぼくは　ワカナの血まみれの肺の悲劇を　思いだしていた　ひょっとして　ぼくの肺も　ぼくの死の日まで　出血を止めないのだろうか？　ああ　いつの日になったら　ぼくの痰の色が　死に神の頭巾の色である鶏皿石色に代わって　天使の翼の色である透きとおった真珠色に彩られる　そんな天国にも昇る心地の日が　来るのだろうか？

病床で見る夢は怖いものばかりだ　棒状の黴菌の群れがいっぱい浮いた水面を海蛇がうねくね泳いでいる湯槽の夢　天井からぶらさがる毒グモを平手で叩き落とすと　床に落ちた毒グモが　赤い糸を吐いて這いまわり　床いちめんをみるみる鮮血に塗りたくってゆく　毒々しい極彩色の夢　…

Ⅳ　海嘯

1　超絶の薔薇

病床で　あの人のことが　気になっていた　即入院であの人に別れの言葉を告げる暇もなくふいに消えたぼくのことを　あの人は　どう思っているだろう?　そんな気懸かりな思いが　ある夜　こんな夢を紡いで　ぼくの眠りの瞼の隙間に　挿し込んだ

…ぼくが病室の窓からぼんやり中庭を見ていると　灌木の陰を　一陣の風のように葉を軽く揺すってすうっと掠める　人の気配に　はっとする　あの人の姿を目撃したわけでもないのに　なぜか　あっ　あの人だ!　—と　とっさに叫んで　ぼくは　中庭に飛びだし後を追うと　あの人の消えた足跡に　一本の丈高い薔薇が　つっ立っている

あの人がすばやく変身したとしか思えない薔薇　その凛とした面持ちの大輪の花弁をぼく

に向け　それなのに　その見上げる超然とした高さで　ぼくの差しだす手を拒み　角のように異様に突き出た大きな象牙色の棘で　近よるぼくを寄せつけない　超絶の薔薇

そんな薔薇の前で　否まれたぼくは　なぜだか　足首の方から　ひたひたとこみあげてくる　別離の悲しみの寄せ波に　息苦しいまでに胸を浸され　震えて立ちつくしていた　…

2　一回きり　ただ一回きり　―第五の手紙―

その夢は　あの人への憧憬を　ぶすぶす燻る熾火から　めらめらと燃える狼煙に　変えた
手紙を　書き送ろう　仮想ではない　未投函ではない　あの人の掌が最初で最後に受けとることになるだろう　一回きりの　手紙を　もう　思惑も逡巡も羞恥も後悔も　なか

った　あの人の掌が　開封したあとの手紙を　机の引き出しに蔵わないで屑籠に投げこ
もうと　かまうものか　ぼくが　自分の内部に対して　みじんの偽りもない真摯さで
忠実であろうすれば　いま　すぐ　あの人に　手紙を書くほかない　それは　あの人に
届くまえに　ぼくの命が　ぼくの生が　自ら受けとる　手紙　となるのだ

叫びをいっぱい心臓の周りや翼の付け根に溜めて　病むあばら骨の鳥籠の中を　狂おしく
ぐるぐる廻る　憧憬の鳥を　いま　その首をきりりと北の星座に向け　放つのだ　たとえ
鳥があの人の海の水平線で消息を絶つ定めであっても

〈六月の中旬　とつぜん役所を去る最後の日　お別れを告げた二階の総務課へ行きましたが
あなたは不在でした　あのとき伝えられなかった言葉が　ずっと気に懸かりながら
ぼくの声帯の奥に　吊りかかったままでした

たぶんTさんからお聞きのことでしょうが　もともと弱かった肺の一部が急に破けて　ぼくは　この病院へ送られてしまいました　いまは　病床で静かに臥さって　快癒への道が遠くでありませぬようにと　そして　その道の終わるところで　またあなたとお会いしお話しできる時が　待っていますようにと　ひたすら祈っています　祈りは幻想に終わってもいいのです　ぼくの生きる歩みを　追憶が　後ろから支えてくれる力　となるなら　幻想は　前から引っぱってくれる力　となることでしょう

去年の晩秋からこの初夏にわたるそう長くはない日々　あの地階の一室で　無聊と孤独をかこつ俘囚のぼくだったのに　あなたとお話できた　日々　まだ見ぬ海峡や岬や灯台や湖をめぐる爽やかなあなたの一語一語が　ぼくの内耳の奥で　魂を鎮める優しい泉の囁きとなって　残響していた　日々　もしも　あなたがあのいつも曇り日のような灰色の一室へ降りてこなかったなら　けっしてぼくののちのちの追憶の花筐に蔵われることはなかったはずの　ぼくにとってはかけがえのない　煌いた日々

それらの日々の記憶を　花輪に結んで　いま　ぼくは　内部の塔のいちばん神聖な一角に
封印して埋めます　一回きりの春の形見として　一回きり　ただ一回きり―それで　十
分だったのです　身に余ることだったのです　ぼくには

では　ご機嫌よう　遠くなった人よ〉

3　海峡の町からの手紙

別離を告げるあの人への手紙　最初で最後となるはずだった　それゆえこちらの病院名も
住所も伏せられていた　あの人への手紙　ああ　海峡の町から　あの人の声が　その山
彦となって響き返ってきた　予期されなかった　夢想だにされなかった　あの人からの

声！　あの人はどんなにしてこちらの病院名や住所を知ったのだろう？

〈お便りをなつかしく読みました　入院のことはTさんから聞いていました　とつぜんのことで驚き心配しました　まえまえから気にかかっていました　たびたび魚の小骨でもひっかかったように小さな咳払いをするあなたの呼吸器のことや　そんな呼吸器をいっそう悪くするにちがいない　日当たりも痛風も悪い地階の事務室や倉庫の淀んだ空気　のことが　いま　その気がかりが　現実のものになってしまいましたね

でも　これも試練なのですよ　病気になることで　ときには病気の肩越しに死を垣間見ることで　生きることが　いっそう深みを増し　いっそう底光りすることを　学ぶための試練　なのですよ　げんに　いま　病床に縛れたあなたは　身に沁みて学んでいるはずです　ただ　自転車に乗れることだけでも　いや　ただ歩けることだけでも　どんなに生きることの深い所で　生きる歓びに繋がっているかを　そうでしょう？

いちばん大事な心構えは　よく言われることですが　上を見ないで下を見ること　自分より元気な人ではなく自分よりずっとずっと重い病に耐えている多くの人々のことを思うこと　です　この心構えが毎日のあなたのお祈りになりますように

それにしても　ふしぎな現象ですね　わたしのなんでもない〈一語一語〉が　あなたの〈内耳〉を通って〈内部の塔〉に〈封印して埋め〉られる　とは　いま　わたしは〈ふしぎな〉と書きました　本当はそうでもないのです　そう表現することで　ふしぎで分からないと後ずさりする口振りで　この現象にいささか戸惑うわたしの気持ちを　わかってもらいたかったのです　そして　本当にふしぎだったのは　あの〈内部の塔〉のことでした　〈塔〉とは何か？　〈塔〉についてもっと知りたい　けれども　お手紙は　ほしい　ほしくない　ほしい　ほしくない　わたしを迷わさないでね〉

夜　この手紙を握って　暗い河畔へ走り　幻想の漁火を焚く　まわりの夜闇はいちめん

深紫の海となり　手紙は海の底へ底へとひらひら燻し銀に閃いて沈んでゆく　それを追って　憧憬の魚藍も　書かれた言葉の　夜光虫　蛍光貝　妖精エビ　をすなどりながら　重くなって沈んでゆく

4　内部の塔　―第六の手紙（未投函）―

〈塔〉とは何か？　〈塔〉についてもっと知りたい―とためらいがちに書いたあなたへ　塔をめぐる手紙を　ぼくも　ためらいがちに書いた　そしてそれを投函する時が熟するまで引き出しの奥に　蔵っておいた

〈いま　仮に　ぼくと同じ形の内部をもっている者がいるとして　かれらとぼくをひっくる

めて　ここでは〈ぼくら〉と呼ぶことにしましょう　さて　いったい　なぜ　ぼくらの内部に　塔が　立っているのでしょうか?　(ほかの人の内部でもそうなのかどうか　よく分かりません)　ここでの塔は　むろん　五重の塔や物見櫓やパゴダやミナレットではありません　この塔は都市に馴染みません　この塔は　それが立地しているまわりの大地を含めて　限りなく灯台のイメージに近似しています　それにしても　なぜ　塔　なのでしょうか?

まず　ぼくらは　生きることを　厳密に問います　(ほかの人が　生きることをどう問いどう答えるのか　それとも　そんな問と答をはじめから必要としない地平で生きているのかどうか　よく分からないのですが)　生きることに　ふだんこれでいいとかこれではいけないとか自分の意識で好き勝手に判断され曖昧にされている　この日常の生きることにそして　そんな生き方を支持する世界全体に　疑問符を打つのです

だから　世界が給仕してくれるさまざまな生き方のメニューのなかに　自分の口に体に合う生き方が　見つからない　となると　ぼくらは　それを射止めるために　世界の外を　大地を—自分の固有の大地を　渉猟してまわる　密猟師　となるほかないのです

塔は　そんなぼくらの生き方が真正に生きられる場を　象徴しています　塔はそれにふさわしいのです　（それとも　ほかにもっとふさわしい建物の形が　あるでしょうか？）　ぼくらの真正な生き方への憧憬が内部に塔を建てたのです　そして　内部に屹立する塔を感じるとき　ぼくらは　幻想することができます　螺旋階段を昇降しながら　自分の固有の生き方を守る部屋部屋を出入する　塔守り　となった　自分を

塔の話はまだ尽きないのですが　今日はこれで　ではご機嫌よう〉

5 原憧憬について　——第七の手紙(未投函)——

〈前の手紙は　内部の塔がぼくらの生の真正に生きられる場の象徴である　と告げました

ところで　ぼくらにとって　真正に生きる——とは　どういうことでしょうか?

(ほかの人にとって　それは　どうなのか　よく分かりません)　この問に答えるのに

ぼくら生き物の命の謎めいた衝迫する力——原憧憬　を呼びださずには　すまされません

原憧憬?　聞きなれぬ語です　これをどう定義すればよいでしょう?　どんな言葉や表現も　謎めくものを伝えるのに　じゅうぶん有能だ　とは言えませんから　さしあたり　命の深層に根ざし　根源へと潜航しながら　同時に　超越へと飛翔してゆく　希求　と書いてみても　それが正しい表現かどうか?

具体的な例で考えてみましょう　たとえば　ランプは　灯台は　サイクリングは　海は

あなたの　ぼくの　大小の原憧憬　となります　一人の個人として　ばかりか　一つ

の生物種として　一つの民族として　かれらの内部から内部へ　原憧憬は　継承されることもあります

たとえば　イルカたち　かれらの強力な原憧憬は　遊泳　波から波へ　飛沫から飛沫へ　海洋から海洋へ　体軸を尖鋭に螺旋させながら　水との交歓の歓喜を追って突き進む　遊泳です

たとえば　モンゴル人　かれらの強力な原憧憬は　騎馬　です　馬乳を呑みながら　あるモンゴル人の男は　そのことを　こんな表現で　証ししました――〈おれたちの最高の歓びは馬に乗ることだ〉　でも　女たちは？　子育てや皿洗いや乳しぼりや繕いものをする女たちは？　かのじょたちも　そんな雑用から解放して　馬に乗せてごらんなさい　たちまち　拍車を蹴って騎馬する女たちといっしょに　かのじょたちの内部で　血流が波うって駆けだし　その上を　太古の四足獣の記憶が　歓声をあげてぎゃろっぷするでし

よう　騎馬する瞬間瞬間は　女たちの真正な生の一刻一刻　となります　女たちにとっても　騎馬は　秘められた原憧憬　だったのです

では　今日はこれで　ご機嫌よう　ご返事はくださらなくていいのです　ただ　こうして聞いていただけるだけでも〉

6　内部の鳥Ⅰ　──第八の手紙（未投函）──

〈根源へと潜航し超越へと飛翔する原憧憬は　つねに進もうとするこの運動のなかで　風切り羽をはやし　翼を獲得し　翼を使っていっそう潜航し飛翔する鳥の形に　化身します（この化身は　すべての生命体が目ざす　至上の進化の形　にちがいないと　ぼくらは

信じています）　そのとき　内部の塔は　この鳥が羽搏く空間を　守ります　原憧
憬＝鳥が羽搏く時間　それは　同時に　ぼくらが真正に生きる時間　なのです

ぼくらの日々の生活の　とりわけ誇らかで楽しげな時間―勤務や研修や奉仕している時間
だれかれと会話や会食をしている時間　集合や祭でうきうきしている時間　事業や来客
で忙しい時間　舞台や壇上で拍手喝采されている時間―にも　もし　ぼくらの内部の暗が
りで　この鳥が　沈鬱に黙ってうずくまっている　としたら　それらの外部からは輝いて
映る時間も　仮初めの低次の時間　もっと冷酷に言えば　生から死へと経過する途中の時
間潰し　となってしまいます　ぼくらにとっては　（ほかの人にとっては　どうなのでし
ょうか？）

ぼくの場合にかぎって言いましょうか　以前　ぼくは　図書館で哲学書をつぎつぎと借
りて読んだことがあります　哲学書の森厳で重々しい青銅の扉の前で　ぼくの指は　畏

怖と期待で震えました〈無限の有限なる決定は　それ自らの否決によって　止揚された〉などと語る謎と神秘に縁取られた語り口に酔いながら　ぼくは　哲学書を漁って　森羅万象を水晶球に凝集して見せる書物　生きることの窮極の秘儀を伝授する書物　その最後のページを読み終わったぼくを生と死に精通する聖なる賢者に仕立てる書物　を探しました

しかし　そんな高揚した気分のぼくの内部で　あの鳥は　哲学するぼくを冷ややかに横目で見やりながら　翼を畳んだまま　不機嫌にうずくまっていたのです　哲学は　高級な生活の智恵であり崇高な精神の運動ではあっても　ぼくの断固とした原憧憬ではなかったからです　そんなとき　鳥は　自分で編んだ歳時記や花暦を記入した手作りのカレンダーを　憂鬱げな目で見ながら　次の羽搏く日までの日数を数えていたのでしょう

人々は　ときおり独りになったとき　そっと瞼を内側へ向けて　内部の暗がりを覗いてみ

るがいいのです　人々の目に　はたして見えるでしょうか　忘却され風化された塔が　潰
された塔空間の底で失翼した瀕死の鳥が？　たとえ見えたとしても　はたして　だれと
だれが　そんな光景を　驚き痛み悔むでしょうか？
ぼくらは　市民も家畜も　いっしょくたになって　せかせか動いてはいるが　しばしば仮
死して見える　鳥は　生きようとして　内部から　空しく飛び立つ〉

7　内部の鳥Ⅱ　―第九の手紙（未投函）―

〈先日　テレビが　絵や彫刻や造花に取り組む知的障害者たちの工房を　映していました
工房の先生は言いました―　〈子供がだれでももっている絵や歌や芝居を好きな気持ち

の芽を　学校が　摘み取ってしまう〉障害者たちの真剣で喜々とした目と指の動きとこの先生の言葉が　印象に残りました　この〈芽〉　この芸術への憧れの〈芽〉　これを育てる力　その化身こそが　あの内部の鳥　なのです

ぼくら命あるものはみんな
　造形することが好きだ
造形することは　日常の
　地平から跳びあがる動き　だ
その動きを反復しながら
　造形する力は　しだいに
翼を生やし　しだいに凝集して
　鳥の形に変幻してゆく
（これが　いろんな内部の鳥を
　誕生させる　メカニズム　だ）

ぼくらの命はみんな
内部のかたすみに　そんな
　鳥の小さな受精卵を
　（ときには無精卵のまま）
隠されて　生まれてくる

しかし　たいていの卵は
　脆く非力だから　腐ったり
　風化してしまう　　たとえ
首尾よく卵の中で成長した雛が
　殻を嘴で割ろうとしても
その前に　学校がぼくらを

狩り集める季節が　やってくる
（雛には　学校は　威嚇する
兵舎か鶏舎に　見えるだろう）

ぼくらは　アイウエオ順に並べられ
教科書に盛られた　アブラカスや
オガクズやモミガラの味のする
規格料理を　いっせいに給仕される
〈ほら　知恵の実だ　啄ばみ始め！〉

胃袋に　だんだん　知恵の実が
溜まると　ぼくらは　すらすら
方程式を解いたり　外国語を

読めたり　年表を諳んじたり
偏差値を上げたり　進学できたり
すべていいことずくめだ　世渡りには

その間に　詰めこまれ過ぎた
胃の重みの下で　だんだん
あの卵や雛や鳥は　内部の
いっそう隅っこへ　いっそう
暗がりへ　追いやられる　が
かれらは　物音一つ呻き声一つ
立てないから　だれにも気付かれない
もともと　世界は　ぼくらの
存在していることさえ　知りはしない
ぼくら　暗闇から暗闇へ葬られる

無数の流産された流れ星たち

しかし　いま　あの祝いの日―
渉禽の鎖列を組んで行進する
みんなの後尾に　縋りついて
いっせいに学び舎を　駆けだした
ぼくらの　あの巣立ちの日―
から　いく星霜を経た　いま

奇蹟だ　この工房で　造形する
ぼくらを　見るのは
粘土をぐるぐる廻して
花器を型取る―

色ガラスをハンダ付けして
　ランプの笠を組み立てる—
樹皮や押し花や蔦を縫いつけて
　壁掛けを編む—
絵の具をパレットに混ぜ
　天使や仏像を描く—
　ぼくらを　見るのは

まだ　生きのびていたのだ
とっくに　化石になったと
　思われた瀕死の卵が
踏み潰されたと
　思われた瀕死の雛が
息を引きとったと

思われた瀕死の鳥が

いま　ほら　オブジェから
オブジェへ　目まぐるしく
飛び移る　ぼくらの指の
すばやい動き　それは　そのまま
いま　内部空間を羽慱たく
蘇生した鳥たちの　歓びの飛跡〉

8 幌馬車は駆ける ―第十の手紙―

十二月　病状がすこし落ちつき　退院の日が来た　ぼくは　あの人に　退院を知らせる
短い葉書を　書き送った―〈嬉しいニュースです　明日ぼくは退院します　病状が凪
いだのです　前夜から降りつもった雪が　病院のまわり一面に　きらきら白銀の絨毯を
敷いて　退院を祝ってくれています〉

すると　間もなく　あの人から　瀟洒な四角い封書が　届いた　中から〈退院おめでと
う!〉のあとに〈いま　車の講習所へ通っています　来年の春には　初乗りに　あなた
を乗せて　碧蔵海岸をドライブできたらと　思っています　それまでに元気になってね〉
と走り書きしたメモ　と　夜の雪の上を駆ける幌馬車の絵葉書が　出てきた　ぼくは　お
りかえし　その絵葉書の印象を伝える手紙を　書いた

〈白夜を思わせる明るさの夜　針葉樹林の間を縫って　雪原を駆けてゆく　幌馬車の　幻想的な絵葉書を　ありがとうでした　この絵葉書の　白夜　雪　針葉樹　馬車　これら　ぼくの小さな原憧憬たちは　すぐに　あの内部の塔の側壁に吊るされ　同時に　秘密のアルバムに大切に蔵われました　それにしても　なんとひたぶるに駆けてゆくことか　この幌馬車は！　そして　どこへ？

幌馬車は　駆ける
白夜の蒼銀色に
　底光りする雪原を
針葉樹の森また森を
縫い　青磁の轍の
蛇紋をくねくね曳いて

幌馬車は　駆ける
息せききって　馬の
　はたはた翻る鬣
　突きでる流線の首
　鋭角に蹴りあがる脚

ふしぎに人影は見えない
でも　だれかが　はやる憧れの
　柘榴石を燃やして
窓辺に　ほら　閃く
　暗赤色の灯火

幌馬車は　駆ける

どこを目指して？
向こうの畝る丘の上の
はじめ　夜空かな？と
思われた　黒っぽい
群青の広がる　あそこ？

あそこは　きっと　海
まだ見ぬ冬の幻の海　だ
滄々としたわだつみの
蠱惑の呼び声に憑かれ
物狂おしいギャロップで
幌馬車は　駆ける　駆ける〉

この手紙を投函して間もない夜　ぼくは　悲しげに遠ざかってゆく馬車の夢を　見る　…
鎮守の森のよう背の高い樹々に囲まれたほの暗い空き地で　なにか祭があるらしく　夜店が並び　人々ががやがや集まっている　　ぼくは　自転車を曳いて　かれらの間を縫ってゆくうちに　川辺に出る　　川の土手を　沈む夕陽を追って　一頭立ての馬車が　夕映えの空に黒いシルエットに浮きでて　駆けてゆく　　なぜだか　その馬車には　ぼくの大切な日記や手紙やアルバムが　根こそぎ積まれていて　馬車を見失うと　これまでの美しく優しかったかけがえのない想い出がみんな消えてしまう──そんな張りつめた不安に　ぼくは　襲われ　とっさに自転車で追っかけようとするが　曳いていたはずの自転車が　いつのまにか消えている　　引き返して　人群れや屋台のまわりを探すが　気が焦るばかりで自転車は　見つからない　　もう陽は沈んだ　まわりは暗い　　とっくに馬車は地平線を跨いで消えてしまっているだろう　…

9　血だるまの使者

退院してから　凪いだ日が　ちょくちょく訪れてきても　その間でも　肺の浸蝕海岸では
崩落が続いていた　そこから早馬に乗って喉や口の堰へ登ってくる痰は　その着衣に塗
られた紋様の形と色で　起こっている地異を　刻々と知らせる　使者　になった

元気だったころの使者の無地で純白だった着衣の紋様は　つぎつぎと不気味な色と形に　変
わってゆく　暗灰色の水玉紋様へ　牡蠣色の迷彩紋様へ　褐色の縞模様へ　あとは　着
衣をぜんぶ朱色の火焔紋様で染めあげた最終の使者の到着を　待つばかりだ

しだいに　夜の到来が恐ろしくなる　ぼくは　太陽が山合いに沈みかけないまだ明るい
夕刻から　怯えはじめる　昼間は下半身に淀んでいた血の潮流は　ぼくが寝倉で体を横

たえると同時に　ざわざわ　ごろごろ　ぜいぜい　ひゅうひゅうひゅう　と好き勝手な海潮
音を鳴らして　浸蝕海岸の遠浅の砂浜を浸しはじめる

今夜も　使者たちがどんな恐ろしい着衣でどんな数でころげ出るかわからない不安のなか
で　ぼくの瞼は　執ように浮かんでくるワカナの惨劇の駆けめぐる走馬灯の一齣一齣を見
せつけられて　眠れない　やっと　うつらうつらする　一時間か二時間か　ふと　喉
に　なにかが　ひっ掛かる　目がさめる　真夜中だ　ひとつ咳く　出発の合図だ　使者た
ちがいっせいに拍車を蹴る

その夜は　様子がすこし変わっていた　ああ　恐れていた夜が　ついにやってきた　着
衣を血だるまに染めた使者たちが　死体になって　口の堰に　数珠つなぎでぞろぞろ辿り
着く　死体は　ぼくの半狂乱の手で　新聞紙に包んでも包んでも　あとからあとから続く
もう用意していた新聞紙では足りなくなる　やっと朝が来る　枕カバーや畳や便所

に　血痕が　死に神の凄まじい形相で　飛び散っている

10　将校服を着た死に神

病院が手に負えなくなったぼくを遠い内陸の高原の療養所へ送ることを決めた日　医師は母とぼくを処置室へ呼んだ　〈あそこには　この種の手術を手がける呼吸器外科の専門医がいるからね　安心していいよ〉〈先生　手術の危険はないのでしょうか?〉〈ないと言えば嘘になる　きみの肺は出血しやすいからね　大出血の危険はないとはいえないが　まあそこらへんは　専門医だから　心得ているから　くよくよせず任せることだね〉

療養所行きの前夜　ぼくは　死に神が登場する恐ろしい夢を　見た　目の前に一歩一歩

近づいてくる死に神への極限の恐怖の戦慄が　夢の一つ一つの情景を　目ざめてからも
ぼくの瞼の映幕に　異様に鮮明に　焼き付けていた

…そこは　急ごしらえのテント張りの野戦病院　らしかった　血痕のついたガーゼやタ
オル　砕けた注射器や薬ビン　が散乱する　地面に　被弾して胸を血に染めたぼくが　ほ
かの負傷兵たちと　横たわっていると　無気味なほどゆっくりと近づいてくる靴音が　聞
こえてきた　こっこっこっ　急にまわりが水を打ったようにしーんと静まりかえった
〈全員整列！〉とだれかが号令する　医師も看護婦も負傷兵も一列に並ぶ

靴音の主は　軍帽も首も背骨も威圧的にふんぞり返った　いかにも尊大そうな将校　であ
る　かれは　二人の兵士を従え　喜劇俳優のふざけた手付きで　指揮棒の先端を　くる
くる宙で廻して　一人一人の顔を入念に検分しながら　近づいてくる　もうかれはま近
だ　宙をふらふら旋回する指揮棒が　ふいにだれかの鼻先に向かって　急降下する

かわいそうに　犠牲は決まった―と　ほっとした　そのしゅんかん　ふざけた指揮棒は
またふらふら宙に舞う

あっ　ついに　将校の猛禽の目が　冷笑を浮かべて　ぼくの前に立った　頭上の指揮棒
が　ふらふら酔った弧を描いて　ひときわ高く舞った　拍子をつけて急降下するためだ
ぼくの瞼は　恐怖に凍りついて　閉じた　不気味な沈黙　おそるおそる瞼を開く
と　鼻先に　ぴたりと　指揮棒の尖端が　銃口を向けている　将校が顎をちょっとしゃ
くりあげると　兵士たちが震えるぼくの顔にタオルの目隠しを巻いた　…

11　魔法の円環　―第十一の手紙―

療養所へ出立する前夜　荷造りを終えたあと　ぼくは　告別の手紙を　書いた

〈退院してもう一年になりますが　その間に　ぼくの病気は　すこしずつ悪くなったようで
す　ぼくは　明日　遠くの南方の高原の療養所へ　出立します　いま　荷造りを終え
たところです　近くの婚ぎ先から帰ってきた姉が　悲嘆に暮れる母を　なんとか慰めて
くれています　母には申し訳ない気持ちでいっぱいです

荷造りをしながら　ずっと　あなたの言葉を　読経のつもりで　口の中で唱えていました
　上を見るより下を見ること　自分よりずっとずっと重い病に耐えている多くの人々の
ことを思うこと　すると　ぼくがいま担ごうとする受難の荷物が　すこし軽くなった感

じです　それらの下積みの人々が下から手を差しのべてくれているのでしょう　神を
知らないぼくですが　これからは　それらの人々を列聖へと高め　その前で跪き祈ること
を　学ぶでしょう

北方の憧れの海—碧蔵海岸は　これで　いっそう遠くなります　でも　いま　ぼくの憧れ
は　始まりと終わりを結んで　一つのほぼ無欠の円環の中に　封じられた　感じです　こ
の無欠のあとでは　ぼくかあなたかだれかのちょっとした身動きでもそれを傷つけてしま
いそうな　そんな気がしてなりません　　無欠のあとでは傷つくことしか起こりようがな
いのですから

いま　ぼくは〈ほぼ無欠の〉と書きました　　打ち明けますと　この円環は　完全には閉
じていず　完璧に無欠というわけにはゆかないのです　　いまだ机の奥に蔵われ　投函を
焦がれている　あなたへの八つの手紙が　あるからです　　生を　内部の塔と鳥を　原憧

憬を　めぐる　しかつめらしいこれらの手紙を　あなたに送る　ことは　あなたになにか
微妙な負担を掛けそうで　ためらわれたのです　投函してもよい成熟した時が来るまでは
　しかし　もう過ぎてしまったのでしょうか　それとも　のちのちいつの日にか来るの
でしょうか　はたして　その時は？

河原町から役場までのわずかな距離を考えると　あなたにお会いしようと思えばできなく
もなかったのに　あの春のアンズの木陰でお話できたひと時をのぞいて　そうできなかっ
たのは　この円環の無欠さを傷つけまいとするぼくの杞憂が　そうでなくても引っ込みじ
あんのぼくを　いっそう畏縮させた　からでした　軽々しくあなたにお会いすることは
　ぼくには　とてもできませんでした　それは　同時に　軽々しくお別れする悲しみに傷
つくこと　でもあったから

ふたたび　死に怯える病気と孤独の長い長い季節が　やってくるでしょう　しかし　いま

は　それに耐えることができます　この閉じた円環が　ぼくを守り力づけてくれる環礁と
なった　いまは　そこからは　滄々と波打っている　もう一つの碧蔵海岸が　見えます
幻だとはいえ　かって　海が　こんなにちかぢかとま近に　浮かんで見えたことは
ありません　この優しい魔法の円環を　恵んでくださったのです　あなたが！　これ
で本当に遠くに遠くになった人よ　ご機嫌よう〉

耳の中のオーディオルーム

詩　集VII◉

Ⅰ　響きの系譜
Ⅱ　偏執病の城主

I　響きの系譜

1　キュッキュッカリカリキュッキュッ
2　初めての音楽的な日
3　響きの球根
4　響きの地霊

1　キュッキュッカリカリキュッキュッ

キュッキュッカリカリキュッキュッ

ほら　あそこ　砂浜で
野ザルが　二つの貝殻を
カスタネットみたいに
すりあわせ　かちあわせ
　鳴らしている
キュッキュッカリカリキュッキュッ

かれの耳朶のおく　鼓室の床を
耳管の階段を　転げまわり

跳びまわる　四連符の舞踏靴
キュッキュッカリカリキュッキュッ

いま　蝸牛管のわきに　すっくと
小さいオーディオルームが　建った
音楽を　内部の奥深く　響きの泉まで
　届ける　オーディオルーム
(耳は　もろもろの音を聞くことができるが
オーディオルームなしでは
音楽を聴くことができない)

もう　その中で　聴いているぞ
小さな響きの地霊が　目を

ぱちくりさせ　オルフェウスの
目ざめたばかりの顔付きで
キュッキュッカリカリキュッキュッ

2　初めての音楽的な日

非音楽的な日から　とつじょ
音楽的な日が　現われはしない
耳は　あらかじめ　音楽的で
なければ　音楽を聴けはしない

文芸社の本をお買い求めいただきありがとうございます。
この愛読者カードは今後の小社出版の企画およびイベント等の資料として役立たせていただきます。

本書についてのご意見、ご感想をお聞かせ下さい。
① 内容について

② カバー、タイトル、編集について

今後、出版する上でとりあげてほしいテーマを挙げて下さい。

最近読んでおもしろかった本をお聞かせ下さい。

お客様の研究成果やお考えを出版してみたいというお気持ちはありますか。
ある　ない　内容・テーマ（　　　）

「ある」場合、小社の担当者から出版のご案内が必要ですか。
希望する　希望しない

ご協力ありがとうございました。

〈ブックサービスのご案内〉
小社では、書籍の直接販売を料金着払いの宅急便サービスにて承っております。ご購入希望がございましたら下の欄に書名と冊数をお書きの上ご返送下さい。（送料１回380円）

ご注文書名	冊数	ご注文書名	冊数
	冊		冊
	冊		冊

恐縮ですが
切手を貼っ
てお出しく
ださい

112-0004

東京都文京区
後楽2－23－12

(株) 文芸社

ご愛読者カード係行

書　名					
お買上 書店名	都道 府県　　　市区 郡　　　書店				
ふりがな お名前				明治 大正 昭和　　年生　　歳	
ふりがな ご住所	□□□-□□□□				性別 男・女
お電話 番　号	（ブックサービスの際、必要）	ご職業			

お買い求めの動機

1．書店店頭で見て　2．小社の目録を見て　3．人にすすめられて
4．新聞広告、雑誌記事、書評を見て（新聞、雑誌名　　　　　　）

上の質問に1.と答えられた方の直接的な動機

1.タイトルにひかれた　2.著者　3.目次　4.カバーデザイン　5.帯　6.その他

ご講読新聞　　　　新聞	ご講読雑誌

ぼくら生き物は　いついつから
音楽的であったのだろう？
この問いは　果ての見えない
無限溯行の流れに　落ち込む

初めての音楽的な日　それに
先駆ける　もっと初めての
音楽的な日　さらに　それに
先駆ける　もっともっと
初めての音楽的な日　さらに…

こうして　音楽的な日の根源を
求めて　父祖たちの家系図の

禽獣たちの系統樹の　漸化式の
あわや無限個に連なりそうな飛び石を
跳ぶ　無限溯行が　始まる

このえんえんと蛇行する
運動に　とどめを刺す
幻の始祖は　いるのだろうか？

樹冠で開く歌合戦で
変拍子の歌声を競う
ハゲガオ飾り鳥たち？

合唱団を組み　暁の
黄金に燦く森の賛歌を
捧げる　吊り巣鳥たち?

朝の静寂を破って
相聞歌を投げあう
雌雄の吠え猿たち?

そんな音楽する
禽獣たちの　精子と
卵子に　刻印された
最古の極微の音符と譜面

それらをくるむ
　カプセルの球根が
遺伝子の丸木舟に
　積まれ　なん十万光年の
　時空を　流れ降って
胎児の耳に　届く

3　響きの球根

相続され　胎児の
まだ形のきまらぬ
粘土の鼓室の　地中に

深く埋められた
響きの球根

球根は　眠った
眠り姫の繊細な
蕾の瞼を閉じ
長い眠りを　眠った

眠りながら　響きを
貯えた　閉じた瞼の
いく重もの襞に
心臓のタムタム　母胎のパルス音
波音のペダル音　風と樹の合奏音

のちのちの朝　目ざめの
時が　やって来る
いろんな瞼の開き方を
する球根が　いるだろう

外部の偶然のなにかの
楽器の爪弾きに
うとうとする微睡の
瞼を　開いてもらう　球根

ついぞ音楽の一片も鳴りはしない
外部のすさんだ雑音の
ただ中に　内部の魔性の力で

自らの瞼を開く　球根

外部からの暴力の
靴や剣で　瞼を
踏み潰され　切り裂かれ
一度も開くことなく
闇から闇へ葬られる　球根

4　響きの地霊

そして　目ざめた球根は　花開き

貯えた響きを　花弁に
花液に　撒きながら
しだいに　響きを聴く力―その化身―
　響きの地霊　に結実してゆく

生まれたばかりの蚕が
　繭を紡ぐ素早さで
地霊は　オーディオルームを
鼓室の一角に　紡ぎ始める

鎖骨から削られた支柱を杙打ちする
リンパ液を捏ねた壁土を塗る
内耳神経を縒ったコードを配線する

外耳道にパラボラアンテナを据える

（ただし　モーツアルトの地霊
なんかは　そんな心配をしなくて
よかった　父祖の輸精管を曳航されて
豪奢なオーディオルームが　そっくり
かれの耳に移築されていた　から
かれがのちのちすることといえば
その左右にいっそう豪奢な翼廊を
建て増しするくらいで　よかった）

Ⅱ　偏執病の城主

1　聴き耳

音符は分からない　楽譜は読めない
楽器は弾けない　家にラジオさえない
音楽会へ行ったことがない　合唱曲も
管弦楽も聴いたことがない
ないないずくしの乏しき遠い日

ただ　部屋で姉がアメ玉を
しゃぶりながら歌う歌曲や
ふとゆきずりの垣根の内から
漂ってくるピアノに　そっと
耳をそば立てる　ほか　音楽に

触れるすべが　なかった　遠い日
少年のぼくは　図書館へゆくと　なぜか
いつも　まだ聴かぬ音楽をめぐる
　歴史や伝記や鑑賞の本を　めくっていた

そのころ　きっと　ぼくの内耳に
球根から羽化したばかりの
　響きの地霊が　オーディオルームの
仮小屋を建て　窓をいつも
あけっぱなしにして
はるか遠方の雨の匂いを
　嗅ぎわけるアフリカ水牛の嗅覚と
　おなじ鋭敏さの聴覚で
音楽の近づく足音に　聴き耳を

立てていたらしかった

あれから　ずっと　ぼくの耳が
音楽を　聴くことを　ひたすら
聴くことだけを　永遠の原憧憬として
運命づけられてきた　のは
耳朶を自在に動かし　音楽に
聴き耳をそば立てることを
得意技とする　その地霊の
せいに　ちがいなかった

2　レコードコンサート

その夕べ　ぼくは　友人に誘われ
丘の上の図書館で開かれる
レコードコンサートに　初めて
出かけた　（ぼくは十七歳に
なったばかりだった）

キャンドルライトの深沈とした
薄明のなかに　しゅくしゅくと並ぶ
人の首の列が　朧に浮かびあがる
静粛な広間に　とつじょ

小刻みに震える管弦楽の
波動空間を引き連れ　ヴァイオリンが
流麗な螺状曲線を描いて
踊りでた

ヴァイオリンの弦の上を
きびきびと爪先旋回しながら
跳びまわる　妖精たちの
舞踏靴の飛跡が　その空間に
織ってゆく　絢爛とした
モンフォール蝶の
玉虫色の羽根の刺繍
インド孔雀の
深紫色の翼の絨毯

それは　地霊とぼくが生まれて
初めて聴く　管弦楽曲　だった
曲名は　メンデルスゾーンの
　ヴァイオリン協奏曲

その夜　音楽の美しさに
　雷撃されたぼくの地霊は
感動と陶酔に紅潮した耳朶を
　ぴくぴく震わせながら
まだ余韻の名残りでどよもす
　オーディオルームを
夜どおし　腕組みして　ぐるぐる

回りつづけていた

3　鉛の靴で行進する歌　―ベートゥヴェンの第九交響曲―

その夕べから　ぼくは　友人よりも
熱心な会員になった　かれが欠席する
ときも　ひとりで　コンサートに
出かける　といったぐあいに
その年の暮　クリスマスイヴの
コンサートで　友人とぼくの心臓は
おなじリズムでわくわく弾んでいた
プログラムの最後を飾る　友人には
なじみでぼくには初めての　〈第九〉に

それに　ベートゥヴェンに心酔していた
友人が手渡してくれた　つねづね
読みたいと願っていた　この三冊の
重々しい本——主人公が　別の名前で
登場しながら　ベートゥヴェンの
悲劇の生涯を演じている　この
三部作の大河小説——が　ぼくの
膝の上で　さっきから　早く
めくってくれと　そわそわしている

〈第九〉が始まった！
アレグロ・マ・ノン・トロッポ

神秘的な低音の和音の小走り…
囁きかける下降音階…
しだいに楽器群を集め
　フォルティシモ＝最強音の上昇…
弦楽器の軽快なシュヴァーシュ＝騎馬行…
管弦と太鼓のフーガふうの対話…
木管の急に高鳴るアルバジョ＝連続弾奏…
ダブルバスと太鼓の
　騒乱するパカッション＝連打音…
ついに　待たれていた弦の口ずさむ
歓喜の歌の旋律　それを引き継ぐ
　バリトンの
<O Freunde, nicht diese Töne!>…

まわりの聴き手たちの
神妙な顔付きを　まねて
眉間に深刻ぶった縦皺を刻み
口を真一文字に結んだ　ぼく

耳もとで　ふと　囁き声が　した
〈そんなに　しかめっつらして
　気取るんじゃないよ
ジャン・クリストフくん〉
それは　耳の奥底の　深い
深層の暗闇から届く
地霊のくぐもり声　であった

四重唱が捧げる崇高な祈祷
そのあとの　しーんと水を打った
静寂を　破って　歓喜の合唱の
燃えあがる半狂乱の狼火…
ぼくは　地霊の声を聴かなかった
振りをし　いっそうしかめっつらに
なって　聴き惚けていた

帰りの電車で　ベートゥヴェンを
賛美する友人の紅潮した顔に
照り映えて　熱く火照る　ぼくの
首が　しきりと相槌を打っていると
また　耳の奥から　地霊の冷ややかな声が
した──〈重そうな鉛色の靴をはいて

雄々しく行進するベートゥヴェンは
もういい　このところ　ぼくは
ベートゥヴェンに食傷気味なんだよね〉

友人と別れてから　ぼくは
ちょっと困惑していた
こののち　友人と地霊の板挟みに
立たされ　この楽聖に対して
どうふる舞えばよいのか？

ブラームスも大好きで〈第四交響曲の
終わりのパッサカリアは無類だよ〉
　と熱っぽく語る友人　と

ブラームスをひどく毛嫌いする
地霊との　間で　ぼくは　二人の仲を
どう取り持てばいいのか？

4　森と河と塔と鳥の歌　──ブルックナーの第八交響曲──

交響曲に限ってみると　いちばん
かれが敬愛している作品は
ブルックナーのもの　だ
その第八交響曲の第三楽章について
かれが口授しぼくが筆写した
音楽ノートを　めくってみるがいい

もともと音楽の前では沈黙するほかない
無能の言葉たちが　この曲の流れに
必死にしがみつこうと　もどかしげだ

深沈とした蒼鉛色の
神秘和音の
重々しく畝る
森　また　森

自らが放つ響きの
神秘さに　自らが
胴震いする　弦楽器

森の切れ間から
ハープが　垣間見せる
すこし憂いを帯びて
高雅な古塔の　鈍く光る
石組　白壁　高窓　尖塔

絡みあい　重なりあう
弦楽器の主旋律と
木管楽器の対比旋律
その背後で　ホルンが
分散和音の鳥たちに
合図を送る――飛び立て！

上昇気流に掴まって
鳥たちは　飛んでゆく
さっき垣間見えた古塔の方へ

もう　そこは　塔の
尖った屋根の上だろうか
鳥たちは　平行和音の
　螺旋階段を　優雅に
　交差舞踏して
　昇降しながら
感動に潤む眼差しで

弦楽器の放つ

波　波　波　が
高まりと静まり
進行と後退を
くり返しつつ　河畔を
遠ざかってゆく　さま　を
見送っている

いっしゅんの沈黙
そして　響きは　去りがてに
立ちどまり　ふり向き
大きく息を吸い　美しく
よろめき　崩おれる

5　偏執病の城主

しだいに　かれは　変貌してゆく
オーディオルームを　増築して
りゅうとした城館に　仕上げ
そこに立て籠もって　あれこれぼくを
顎で指図する　尊大で頑固で
へそ曲がりで気難しい城主　へと

ひとしきり　名曲鑑賞の本に載った
選ばれた音楽をラジオから録音した
カセットを　貢物として　かれに
捧げに　城館へ駆けてゆくのが

ぼくの日課の一つとなっていた　が

あのクリスマスイヴの前後から　妙に
　愚痴っぽく飽きっぽくなって
〈聴き飽きた〉〈陳腐だ〉〈二番煎じだ〉
〈黴のはえたチンドン音楽だ〉
〈聴き耳もたぬわ〉などとわめいて
　受け取りを拒むのだ

名曲の王冠をかぶるたいていの
　音楽に対する　かれ自身にも
　どうにもならぬ　この拒絶反応は
どこから由来するのだろう

名曲に染みつく人々の手垢や
　耳垢を嫌悪する生理からだけでは
　釈明できない　とすると？

ときには　収録の現場に踏みこんできて
〈やい　耳障りだ　ラジオを消せ！〉と
声をいっそう荒げて　自分の気に入る
　音楽を鳴らさないラジオを　あやうく
　蹴とばしそうになったり　そんな
　プログラムを組む放送局に　呪言を
　投げて八つ当たりして

しだいに　かれは　変貌してゆく

耳に叶う響きの波紋で
つねに濃密に充実されていなければ
ならない自分の生に　紛れ込む
気に入らない空疎な時間の
無礼な一刻一刻に　我慢できない
偏執狂の城主　へと

これまでにぼくが捧げた名曲の
あれこれを　つぎつぎ手打ちにかけて
城館の床下の首塚に　夥しい斬首を
積んでゆく　冷酷な首刈りの城主　へと

6　アゲハ蝶の嗅覚をもつ聴覚

こんな城主に気に入る音楽を
ぼくは　どんな方法で　見つければ
　いいんだろう?
それを選ぶ理念か規準が
あるなら教えてほしいという
　ぼくの真剣な問いかけを
かれは　一笑で吹き飛ばす
〈だれが　知るもんか　そんなもの
好きは好き　嫌いは嫌い　理屈ぬきさ〉

地表の意識―伝統や理論や世評や

倫理や儀礼―を超絶した
耳殻の地中の奥深く　深層の
無意識へ　礎石を沈める　かれの
オーディオルーム　その中で

アゲハ蝶の鋭い嗅覚をあわせもち
自分に運命づけられた音楽を
ほとんど　その第一音か第二音で
〈これだ!〉と叫んで　嗅ぎ分ける
かれの聴覚は　だれよりかれ自身に
謎めくものなのだ

7　音楽ノートより

ときおり　かれは　深夜に　ぼくを
叩きおこし　ぼくに録音機を担がせ
出立する　密猟師　になる
世界が寝しずまった星空へ
放送局が時間潰しに垂れ流す
聴きたがられない音楽たちの
群れに　稀に迷いこむ　かれの
好みの獲物を　狩りに

密猟された音楽を　かれの気難しい
監修のもとで　ダッビング

カッティング　フェイディング
で再構成し　登録する　音楽ノート
そのなかには　知られていない
小品が　目につく　それらの
繊細に顫える音色が描くイマージュと
戯れるのが　かれは　好きだ

瀟洒な尖塔や張り出し窓が
映る運河　その水面に
独奏ヴァイオリンが　様々な
波状や螺状やヂグザグの
重層する航路を曳いて
フランドルの凛冽とした風の
畝りを帆走してゆく

イザイの〈こぞの春〉

華やぐ南海の都市の街路から
人影が消えて　過ぎ去った
夏の想い出の　ひっそりとした
渚を　ふしぎに美しい旅愁と
郷愁の寄せ波に素足を涵され
夕闇の光と影に明滅しながら
さすらう　ディーリアスの〈フロリダ〉

ほの暗いシラカバの木立を
縫って　一度だけ　死者の
楽しかった面影を追慕する

明るい語らいを　洩らしただけで
沈鬱におし黙って　丘を
登ってゆく　村人たちの葬列の
黒いシルエットが　甘美なまでの
哀愁の濃紺に染められた
ボヘミアの夕空に　溶けてゆく
スークの弦楽セレナーデ

タカタカターン
朝のアイボリーグレイの空を
震わし　春の到着を
告げる　金管楽器
タカタカターン
もう　空中で　地上で

アクロバチックダンスを
　舞っている　鳥たち　羽虫たち
刺繍花壇の花群れと
　交差舞踏を踊る四足獣たち
タカタカターン
ツル薔薇が架ける
　アーチの凱旋門の下を
春の女神が　傲然と首を
　もたげ　凛としてくぐる
　ブリッジスの〈春の初めに〉

湖の岸辺のまわりは
　凍っていても　むこうの
湖芯の清冽な水面には

ブルートパーズ色に
空が　映っている
ピアノの舞踏靴を
はいて　少女の華奢な足が
そろりそろり渡ってゆく
あの空の色を掴もうと
忍び足のパ・ドゥ・シャで
青磁色に光る薄玻璃の
　氷の上を—そんな
ラフマニノフの前奏曲集作品32の5

8　トリスタン和音Ⅰ

そんな密猟に出かけたある夜ふけ
かれとぼくは　運命的な出逢いを
体験することになる　あの無類の
楽劇〈トリスタン〉と

この音楽の　波打ち　畝り
渦巻き　螺旋する　無限旋律
それが際限なくくりひろげる
神秘な夜と甘美な海の混沌を
二人は　半酔の足を掬われながら
無我夢中で　掻き分けて進む

ぼくら命あるもの憧れを
根源的に　同時に　超越的に
牽きつける　神秘な甘美さ
ぼくら命あるものの動きを
深めつつ　同時に　高める
深遠で高貴な　神秘な甘美さ

〈トリスタン〉を聴きながら
最初に　ぼくの言語中枢を
閃き透過し　ぼくの舌を
刺した　この言葉の火矢—
神秘な甘美さ

のちのち　それらの語韻を　舌の舳先に
乗せるとき　いつも　耳の内湾に
〈トリスタン〉のどこかの
目眩めく小節が　鳴り響かずには
おかない　そんな　神秘な甘美さ

甘美な芸術作品は　あちこちに
あるのだ　しかし　甘美さが
〈トリスタン〉のこんな潜航する深み
こんな飛翔する高みにまで
昇降する神秘さ　こんな深遠さと
高貴さに浸透された神秘さ　を
響かせる　絶品は　ほかにない
第二幕を聴いてみるがいい

逢瀬で　交差する
目と目の火花
いきなり　海面と
星空を焙りだし
めらめらと燃えあがる
相聞の篝火
ふたりして絶頂に
昇ったのか？その
わなわな痙攣する炎

ぼくらの　どきどき
顫える　耳朶　骨髄
ぞくぞくっと
砕け散る魂

その一つ一つの
断片が　響きの渦に
翻り　旋回し　きりきり
舞いする　恍惚の
閃くいく千の羽根

もう　ぼくらの体を
刺し貫いて
いたるところ
額に　瞼に　心臓に
精巣に　ついには
精子たちの横腹にまで
神秘な甘美さの刃紋を

青刺してまわる
このトリスタン和音！

9　トリスタン和音Ⅱ

眠りへと垂れかかる瞼をこすりこすり
深夜のテレビで　バイロイト音楽祭の
舞台で演じられる楽劇を　聴いている
ぼくの　耳もとで　さっきまで
眠りこけていたかれが　むくっと起きて
例によって好き勝手なことを　のたまう
〈映像や演劇で水割りされた

音楽なんか　ご免こうむりたいね
さてと　こっちはもうひと眠りだ〉

かれの横柄な美学は　ヴァグナーの
前半の歌劇をみんなオペレッタだと
笑いとばすし〈神々の黄昏〉の
第二幕や〈トリスタン〉の第三幕の
ほとんどを〈こんなのは雑音だな
ワグナーは2／3ぐらいに圧縮する
必要があるね〉と　不埒なことを
ぐちって　削りとる

とはいえ　ヴァグナーの音楽に捧げる

並々ならぬかれの偏愛は　変わらない
人類の音楽の歴史が登攀することの
できた至高点に立つヴァグナーを
仰ぎ見て　（たとえば　シェーンベルクの
長大な〈グレイの歌〉にしても
自からの重苦しさに息切れして
立ち止まり　屹立する〈パルジファル〉を
仰ぎ見て）　すべての古今の有象無象の
音楽は　己の所属を決めるただ
二つの選択肢を　許されているだけだ
ヴァグナーへと登ってゆく音楽か
ヴァグナーから降ってゆく音楽か――
そう言い切ってしまうのだ
いまも　つむじ曲がりのヴァグネリアンの
この偏執狂の城主は

投影された神々

詩集Ⅷ◉

Ⅱ　Ⅰ

I

1 寝たふりをした神 ――絶滅収容所の死者たちへ――

かつて　ほかに　いただろうか?
かられほど　親しげに　神に
〈父よ〉と呼びかけ　熱烈に
跪いた　信仰の民が
かれらほど　世界のすみずみまで
神の魔力と慈愛と権威と恩寵を
触れまわった　献身の民が
かれらほど　親密に　神と
密約し　至福千年と約束の地を
確約された　選民の民が
かれらほど　〈主はわれらを
創りたまえり〉と創造主の御業を

賛えながら　捏ねた粘土でその
神を手作った自分たちの手を
巧妙に隠していた　秘匿の民が
かつて　ほかに　いただろうか?

しかし　かれらが　ただ
そこにつっ立っている—そこを
歩いている—そこに坐っている—
そんな理由だけで　理不尽にも
〈やい　目障りだ!〉と怒鳴られ
捕えられ　家畜列車に詰められ
有刺鉄線の中に投げ込まれ
頭をかち割られ　腹をえぐられ
穴に蹴落とされようとした　とき

かれらの封じられた口は
空の一角を見つめて　張り裂ける
　悲痛な無声の叫びを　神に
　投げかけていたにちがいない
〈主よ　いま　見えませんか
わたしたちの流す無念の血が？
わたしたちに迫る無惨な死が？
主よ　どうなさったのです？
空の一角から宇宙を総覧して
　いるはずの　あなたに　こんな
　わたしたちが　見えないのですか？
主よ　急いで来てください　早く早く〉

やっぱり　神は来なかった

いや　そうではない　一度は
　来るには来たのだ
収容所の在る村に　降りるには
　降りたのだ　監視塔から
　目撃されるのを避け　夕闇に紛れ

そして　有刺鉄線の中を覗き
繫留されたかれらの足の
すぐ下に穿たれた　予想を
絶する　生の不条理の深淵の
深さ　を目の前にして
神は　高所恐怖の目まいに
　よろめき　口を小刻みに震わせ
〈この深淵の深さは　わたしの

拡げられる両手の幅を　越える
これはわたしの手に負えない〉
と呟くと　足早に引き返し

途中の道端の林の中に隠れ
〈なにも聞かずなにも見なかった
ことにしよう〉とぼそぼそ
独り言をいって　葉の茂みの隙間から
監視塔の様子を窺ったあと
〈いまへたに動くのは危険だな〉と
呟いて　ごろりと横になり
寝たふりをしていたのだった
とっぷり夜闇の帳が垂れるまでは

いまも　かれらの口は　地中で
猿ぐつわに縛られたまま
こんなにも着飾られた全能の聖衣の
下にこんなにも見え透いた
不能の性器を隠していた神の
偽善と欺瞞と裏切りへの　いきりたつ
不信と怨念と幻滅を　封じられている

2　神と人工衛星

ぼくらが　空の一角に佇立する

神の存在を　確信した　うえで
空を仰ぎ　〈天にましますす父よ〉と
親しげに呼びかける　のならば

人工衛星スプートニクが　神の
聖なる直轄領である空を
侵犯した　一九五七年の秋
神は　何をしていたのか　空の
片隅で昼寝でもしていた
のでなければ？

そくざに　この僭越な侵犯者に
向かい　自ら追尾して迎撃するか

天使長に命じて戦いの天使たちを
出動させるはずである　神は
何をしていたのか
〈これは手強いぞ〉と呟いて
星座たちの間を巧みに縫って
遁走した　のでなければ？

スプートニクが　この惑星の上空を
ピーピーピーと甲高い雄たけびを
放って　周走している　とき
なぜ　神は　おし黙っていたのか？

スプートニクは　三周目か四周目には

なん千年と続いて空に睥睨してきた
神を　海洋か砂漠に叩き落すか
銀河系の涯へ吹き飛ばしてしまった
と思われた

しかし　あの年のあとも
ぼくらの視界には　なにひとつ
空の異変は　起こっていない
いぜんとして　ぼくらは
空の一角を凝視し　合掌して
〈天にましますくま父よ〉と　神に
呼びかけている　　ぼくらの
信仰は　微動もしなかったのだ

3　肉体を抽出された神

初めて神が出現した　古代の
　ある日　ほとんどその日のうちに
ぼくらは　互いに目線を交わし
ひそひそ声で耳打ちしあった
〈肉によって神を知ることはすまい〉
その密約は　それいご　なん千年に
　わたってだいだい　ぼくらの
　目から目へ　耳から耳へ
暗黙のうちに　引き継がれている

この密約によって　スプートニクが

神から簒奪した制空権は
骨抜きにされてしまった
肉を抽出されて透明となった神は
スプートニクのレーダーに　そして
すべての人間の五感に　見られも
触れられも嗅ぎつかれもしないで
なにくわぬ顔で　空に君臨しつづける

4　背理の神

たびたび　神は　その存在を
訝られ　脅かされ　そのつど

ぼくらは　神の存在証明の
提示を　迫られてきた

もう理にかなった仕方では
その証明が不可能だと悟った
ぼくらは　額を寄せあい
密議した　あげく

不在することによって
存在する――不在と存在が
表裏になった相貌をもつ――
不在であることを神性の
第一の属性とする――奇怪な

背理の神の論理を　発想する

背理―神の不在・存在にまとわりつく
もろもろの不条理を一瞬に
吹き飛ばすこの魔法の呪文―を
取り込んだ　ぼくらの信仰告白―
〈神は背理なるゆえに　われ　信ず〉
これを礎柱にして構築された
神学の城塞の中に　ぼくらは
立て籠り　神の王国を守ってきた

いま　ぼくは　その王国から
外へ出て　その銃眼の一つから

内陣の祭壇を　覗いている
いま　ぼくの目に映る限りの
神の像について　沈黙することは
許されない
沈黙は　神々に関る真実の一部を
覆って　見て見ぬ振りをする
欺瞞行為　になる　からだ
たとえ　そのことで神の逆鱗に
触れようとも

II

1　ンコディマ　―ブッシュマンの神―

夜の帳が降りると　暗闇に
塗り込められた　ブッシュマンたちは
その空虚を紛らすために
夜空を仰いで　星たちに　その日の
出来事を　物語りつづけた

すると　星たちは　耳をそばだてて
聴いてくれたばかりか　親しげに
瞳を瞬きさせて　頭上の
樹々の枝や樹冠の近くまで
降りてきて　なにやら囁きかけた

いつ頃からか　かれらと星たちは
　初期一族の契りを　結ぶ
たとえば　出産したばかりの母親は
羊水の滴る赤子を　シリュウスに
　差しあげて　呼びかける
〈ほら　見て　シリュウス小母さん　また
一人ふえましたよ　わたしたちの一家に〉

ブッシュマンたちは　夜空の奥に
星空を移動させたり　箒星を
飛ばしたり　流れ星を降らせたり
日蝕を起こす　超能力の主――神の

気配を　感じて　それを
ンコディマと呼ぶことにした

やがて　雨期が来るたびに
ンコディマは　凄まじい雷鳴を
合図に　稲妻をぢぐざぐに伝って
地上へ降り　いたるところ
神出鬼没するようになる

兄弟げんかをしたり動物を
手荒に殺す仲間を　見ると
族長は　叫ぶ——〈やめろ！　空か
地のどこからか　いつも

ンコディマが　見ているぞ
ンコディマが怒ると　おまえたちは
肉を分けてもらえないぞ〉

ンコディマは　ひょっとして
空に君臨し地に偏在し　垂訓を
撒いてまわる　あの荊冠の神の
始祖　ではなかったのか?

2　淫らな太陽神

精神病院の窓から　狂った男が
　沈む夕陽を指さして　わめいていた
〈目を細めてみたまえ　ほら　いま
太陽神がペニスを揺さぶっている〉

本当のことだ　かれの目に　太陽の
一角で　燃える金色のコロナを
冠って　下半身をはだけた
淫らな太陽神が　映ったのは

はじめ　かれの紅潮した性感帯の
内海は　高ぶって波うっていた
そこから立ち昇った淫らな
蜃気楼が　血管を伝って
硝子体に運ばれ　飛蚊症の塵と
なって浮遊していた

飛蚊症の塵―眼球の中の黒点―
　これが事の始まりであった
この分裂病患者が太陽を見やった
とたん　そのシルエットが　太陽面に
投影され　それが　コロナの王冠や
　フレヤーの背光にくるまれ
妖しく揺らめく太陽神に　見えたのだ

3　水溜りに映る神Ⅰ

焼け爛れた太陽の下で
砂と岩だらけの褐色の荒野を
遊牧民の一族が　さ迷っていた

行けども行けども　荒涼とした
地平線が　続き　水も食料も
底をつき　羊たちは倒れかけている

これまでいく度かの危機に
間一髪で救われた体験をもつ

族長は　行く手に　救い主の
出現を夢みて　重い足取りの
みんなを　励ます〈こんども
救い主はきっと現われるぞ！〉

その日　地平線上に　小さな
ヤシの群生する木立ちが　見えた
こんなことは　このなん日ものあいだ
ついぞなかったことだ
オアシスかもしれない！
あそこに　きっと　救い主が
待っているぞ！　それ行け　それ急げ！

だが　そこには　日照りで枯れかけた
五本くらいのヤシが　無表情に
つったって　草地も泉もなくて
岩陰に　ただ一つ　水溜りが
申し訳なさそうに　わずかな雨水を
掻き集めていた　そのわきに
幻滅で崩おれるように跪いた
族長が　その濁った水面を
覗いた　まさにそのときだ

そこに　青空を背景に　茫々とした
髭で覆われ　神秘な威厳に
縁どられ　同じように水面を覗く
異様な顔貌が　映っていた

族長は　大声で叫んだ
〈あっ　神だ！〉　そして　すぐ
　頭上の空を見上げた　しかし
かれの姿は　掠める鳥の飛影よりも
　すばやく　空の彼方に消えていた

その夜　族長は　神の夢をみた
…昼間の神が　枕もとに立って
〈わたしは道である　わたしに
従え〉と語ると　北東の方向へ
　消えてゆく…
翌朝　一族は　その神託の指示する
　方向へ　迷うことなく進んで
正午の時鐘が鳴る前に　都市の門を

くぐることができた

4　水溜りに映った神Ⅱ

あのとき　族長が　水溜りに映った
長旅で伸びたぼうぼうの髪と髭に
覆われた自分の顔を
神の顔と錯覚した　こと
むろん　これが　事の真相である
だが　この錯覚によって　神の
降臨は　否決されるのか?

族長の意気消沈してすこし
　朦朧となった日が　錯覚しようが
しまいが　あの日　あの瞬間
かれが水溜りに映る神を見た―
　この打ち消しがたい現象学的事実が
神の降臨を保証する　族長に　一族に
民族に　国家に　世界に

ひとたび　神発見　神降臨　の知らせが
族長の口から洩れると　たちまち
それが　氾濫する洪水となって
　広がってゆくのは　たやすいことだ
地上に―苦難に曝され　いつも

神＝救世主に渇き飢える　地上に――
広がってゆくのは

いつの時代にも　ぼくらは　神の
不在に　空白に　耐えられなかった
たとえば　ある男爵の古い館の深夜の
屋根裏で　咳払いや忍び足が聞こえ
神が出没すると　噂が立った　とき
すわ　神の来臨！と　館へ押しかけた
ぼくらは　それらの物音が　臆病な
母親を驚かすために仕組んだ　二人の
姉妹の悪戯　であったと　知らされ
ひどく落胆したり立腹したものだ

降臨することを嫌がったり
怠けた神を　断じて赦す
わけにはゆかなかった
そんなふまじめな神を　ぼくらは
降臨術師を呼んででも　空から
無理やり引きずりおろすほかなかった

5　水溜りに映った神Ⅲ

族長が自分の顔と神の顔を
取り違えた事実が　なぜ

起こったのか?　族長の目の
この取り違いこそが
問われなければならない

救いへの狂信的な希求は　救いの
もっとも強力な化身である神の
酵母菌を　族長の第三脳室に蒔き
神の心象を　発酵させ　神経索で
運んで　硝子体に浮揚させる
あとは　あの淫らな太陽神と同じ
飛蚊症のメカニズムで　その心象が
水溜りに投影した神の像に向かって
族長が　驚きの叫びを　投げつける
だけでよい――〈あっ　神だ!〉

すべての神々の出現は　こんな
　ぼくらの目の飛蚊症的現象　である
ギリシャの神々を発見した
　古代ギリシャ人の空想好きの
　目を　思いだしてみるがいい

かれらの　硝子体の水槽で
　浮遊したり　水晶体の物見櫓へ
駆け登ったり　網膜のサーキットを
　周走したり　そんな動き回るのが好きな
　多血質の　古代衣を着た　心象の神々

ギリシャ神話は　そんな神々が
ギリシャ人の瞳孔から　自分たちの
奔放な演技のシルエットを
エーゲ海へ　オリンポスの山へ
パルテノンの丘へ　投影した
影絵芝居　であったのだ

6　神聖劇と人形劇

ぼくら人間は　自分たちの肋骨から
手折った一本の骨に　呪文を
吹き込んで　手作った　神　の前に

うやうやしく　ぬかずいている

ぼくらは　同時に　二役を
　演じているのだ
神が審判と救済と祝祷の
　主役を演ずる神聖劇の
　敬虔な見物人の役　と
同時に　すばやく　舞台裏へ
　廻り　人形劇の主役の神に
　発声や台詞や所作を貸し与える
　老獪な腹話術師の役　と

神聖劇のこんな呪われた舞台裏の

瀆神の矛先を突きつけられても
うむを言わせぬ信仰の楯で
武装したぼくらは　眉ひとつ
動かしはしないだろう
そんな茶番は了解ずみだと
せせら笑いまでして

ぼくらは　あらゆる瀆神劇を
超絶する彼方に
あらゆる投影された神々を
超絶する彼方に
背理の神学の城塞を築き
超絶の神の御国を　守っている

7　神々が息絶える日

いつか遠い未来に　ぼくらが消滅するとき
神々も　かれらが投影されたもので
　あるかぎり　消滅する
ぼくらが消滅するその瞬間に
投影が執行を停止するからだ
投影によって神々に貸し与えられていた
　神性が　その執行停止によって
　剥奪され　そのとたんに　神々は
　蒼白になって崩れ　息絶える

しかし　ぼくらと神々の消滅のあと

投影を超越するあの神は
　どうなるのだろうか?
さしあたり　無人の祭壇のそばで
　途方に暮れながらも　かれは　自分に
　くり返し　言い聞かせるだろう
〈いいか　おまえは　投影された神々と
　違って　投影を超越する神だから
　不死身だ　生き延びていいんだぞ〉

しかし　三日目　せいぜい　四日目には
かれも　気付くのだ　ぼくらの手で
かれの体に飾り付けられた
　煌やかな神性の装身具──
〈背理〉や〈超越〉や〈不死〉──が

ぼくらの頭蓋骨の中だけの
分泌物であって　ぼくらの消滅と
ともに霧散してしまった　ことに

ここにきて　かれも　やっと思い知らされる
それらの概念語で神を着飾ること
これもまた　投影の━瞳孔をとおさない
言語中枢からのじかの投影の━
執行にほかなかったことを

自分が投影された神々の
一人だと悟らされたかれは
あの神々たちが息絶えた日に

いっしょに殉ずべきだったと
悔やみながら　生き恥をさらすのを
恐れ　その日の暮れぬうちに
首をくくるだろう

詩集Ⅸ◉

水鳥の飛来する朝
―〈悪の花〉の詩人へ―

水鳥の飛来する朝

水鳥の飛来する朝

―〈悪の花〉の詩人へ―

1　夢は日毎に成就されていた

ぼくの古な染みの詩人よ
呪いの痰や嘆きの唾を吐き散らして
きみが　苦渋と汚濁と孤独と
倦怠と挫折の泥まみれの生を
引きずって　世界内を
這いまわっていた　ときも

きみの生は　世界のおぞましい時空を
離脱した―幻滅の淵に沈むきみ
自身の目には見えない―
高みを　言葉の翼を羽搏いて

いつも　翔んでいたんだ
あの水鳥の飛来する朝を　夢みつつ

かつて　ぼくが　遺稿詩集を遺して
逝ったある無名の詩人に　捧げた
あの賛歌を　いま　もう一度
そっくり　きみに　捧げよう

〈詩人の生き方を哀れに思うのは
僭越だろう　詩人は　ぼくらの
うかがいしれない大地の未踏の
禁猟地で　ぼくらのうかがいしれない
詩業の歓びを　密猟していたのだ　…

朝早く　海鳥たちが　内部の晶洞を
飛びたち　半睡の詩人の瞼の裏木戸を
のっくして　啄んだばかりの小魚の
匂いを放つ言葉たちを　朝市に並べる
…　詩人は　目と耳と舌を
研ぎ澄まして　お気に入りの
言葉たちだけを　選んで　流し目を
送り　手なずけ　喋りあい　…
きっと　こんな　手作りのささやかな
愛の営みで　綴られていたのだ
この孤高の詩人の一日は
夢は日毎に成就されていた〉

2　内なる二つの神

図書館で初めてきみの詩集を
ひもといた少年の日から　ぼくの
言語中枢の太陽コンパスを
ふしぎな親近さの地磁気で
牽きつけてきた　ぼくの古な染みの詩人よ

きみは　書いてたね
〈子供のころ　ぼくは　二つの
あい反する感情を　抱いていた
生への恐れと生への陶酔を〉

この告白は　きみの内部にも
巣くっていた　ぼくら生き物の
命を動かす二つのヴェクトル
その化身である　あの二つの神――
〈生への恐れ〉を担う家神ナルシスと
〈生への陶酔〉を担う地霊オルフェウス――
の存在を　証言する

とすると　きみの内部にも
ナルシスの住まう 関係 の館と
オルフェウスの住まう 交感 の塔が
互いに　いがみあったり　そっぽを
向いたり　より添ったり
しながら　並んで立っていたんだ

そして　日になんども　きみは
奔走するナルシスであったり
作詩するオルフェウスであったり
　変身しながら　館と塔の間を　せかせか
いったりきたりした　というわけだ

3　上昇と下降

きみはまた書いてたね
〈すべての人間は　同時に

二つの性向を　抱いている
神へ上昇する精神の祈りと
悪魔へ下降する肉体の歓びを〉

いや　これはきみの誤解だよ
もともと　神も悪魔も　ぼくら人間の
手前勝手な錯覚　なんだから
きみの神対悪魔　ぼくの家神対地霊
この二つの似かよって見える
二項対立の間には　なんの脈絡も
ありはしない　いくつかの偶然な
共通項があったとしても

家神ナルシスも地霊オルフェウスも
それぞれ　上昇したり下降したりする
世界と良い関係にあるとき
　上機嫌のナルシスは　上昇し
世界と悪い関係にあるとき
　消沈したナルシスは　下降する

たとえば　爪を磨き　灰色の長髪を
梳き　小粋な蝶ネクタイを付け
カメラアイの前でダンディぶる
ナルシスのきみは　上昇するし
鎮痛薬の臭いやテレビン油のしみの
　こびりついた変哲な絹の帽子を
ま深くかぶって　しきりに〈畜生！〉と

わめきながら石畳の目地に唾を吐く
ナルシスのきみは　下降する

大地たちと尖鋭に交感するとき
高揚するオルフェウスは　上昇し
大地たちと惰性的に交感するとき
土俗っぽいオルフェウスは
原始オルフェウスに堕して　下降する

たとえば　詩集を編んでいる
オルフェウスのきみは　上昇し
大麻や芥子の匂いを嗅ぐ
原始オルフェウスのきみは　下降するんだ

4　反世界

〈子供の頃から　家族のなかでも
仲間たちのなかでも　ぼくは
　永久に孤独を宿命づけられている
　と　感じていた〉
〈ぼくは　世界と　世界のあらゆる
　儀式や掟や習慣と　無縁だ〉
〈ぼくは　この国を　どんなに
　侮蔑しつづけても　飽きることはない〉
〈ぼくは　近代のさまざまな屑どもに
　ぞっとする　美徳にぞっとする
悪徳にぞっとする　進歩にぞっとする
なにかに役立つことにぞっとする〉

こんなきみの聞き捨てならぬ
　反世界の声に　怒って　世界は
　じわじわきみに復讐する
世界は　世に出たばかりの
　きみの詩集〈悪の花〉を
〈痛ましいほどの思想の欠乏と
　納骨堂と屠殺場の臭いとで
　ぞっとさせられる〉とか
〈全ページに　厭わしいものや
　恥しらずのものが　悪臭とごっちゃに
　まざりあっている〉とか　なんの
　かんのけちをつけたあげく　黙殺する
消沈したきみを慰める手立ては　ただ

母へ手紙を書くことしか　ない
〈ああ　お母さん　ぼくたちが仕合せに
　なる時が　まだあるのでしょうか？
ぼくにはもう信じられませんが〉
〈ぼくの命がかかっている唯一の
　存在であるお母さんのそばで
一週間　いや三日間　いや三時間でも
すごせたら　…　いま　ぼくは
死ぬことを思っています　お母さんは
お気づきではないでしょうが　…
ぼくは　独りです　友もなく　恋人もなく
イヌやネコもいません〉

5　暗澹たるナルシス劇

かれの転々と移り住む
　場末の安ホテルの借り部屋
〈なんだか　こわい！　ぼくの永遠の
　住み栖である　この孤独と空無の部屋〉
〈すりへった愚かしい家具たち
埃に雨滴の跡をなすりつけた悲しい窓
書きなぐられて散らかった原稿
鉛筆でひっ掻いた不吉な日付のある暦
胸くその悪くなる黴くさいタバコの臭い
なにかなじみのものがあるとすれば
それは　ほら　そこの　甘美な
　眠りへと誘うアヘンの小瓶だけ〉

こんな荒んだ部屋のドアのすぐそばまで
世界が　布置する　刺すような
目線の潜伏する銃列に　怯えながら
きみは　母に　つづけて書く
〈このホテルに　知っている者は
　いません　お母さんを除いて
ここへ訪ねてくる者は　いません
ぼくは　ここを出るときは
人目の様子を窺い　入るときは
　駆け足で滑りこみます〉

自分の住み栖を出入りすることも

ままならぬ　なんと暗澹たる
ナルシス劇を　演ずるのだ　きみの
傷つきやすい繊細すぎるナルシスは！
だからこそ　夜が　待たれる
それらの銃列を闇で暗ましてくれる
　優しい夜の到来が
<Entends, ma chère, entends la douce Nuit qui marche>
(聴くがいい　ぼくの悩みよ　聴くがいい　近づいてる優しい夜の足音を)

世界が組む密集方陣に　だんだん
包囲され　じりじりと世界の果てへと
追いつめられた　きみは　途中で
やけっぱちの叫びを　抛り投げる
<n'importe oú hors du monde>

（世界の外なら　どこへでも）

5　羽化する言霊

幼い日からきみは言葉を愛していた
言葉は　きみの永遠の原憧憬　だった
詩集は　きみの原憧憬が
いちばん純粋にいちばん華麗に
花咲き結実する　果樹園　であった

幼い日から　きみの内部の塔に

言霊が　出没していたのだ
きみが　幼児だった頃　いや
もっと以前　胎児だった頃　いやいや
もっと以前　きみが　遺伝子に
潜んでいた頃　から

きみの地霊たち—香りの地霊や
響きの地霊や愛の地霊—のなかで
いちばん高貴で強壮だった
言葉の地霊である　言霊

父祖たちの系譜の長い河床を
流れ降る血の河を　古い言語—
絵文字　絡縄文字　甲骨文字

象形文字—の呪文を　読経したり
写経しながら　巡礼していた　言霊

言葉に向かうきみの身振りを
いつも　言霊が　先駆ける
きみが書棚に詩集を見つける
まえに　もう　きみの指で
かれがそのページをめくっている
きみが好きな詩句を読むまえに
もう　きみの唇を震わせて
かれがそれを諳んじている

きみの血の河に浮沈する言霊

ときおり　静寂と瞑想に沈静する
澄んだ夜々の翌朝早く
かれは　言葉で翼を紡ぎ　羽化する
そして　飛び立つのだ　きみのまだ
まどろむ瞼の小暗い空へ

6　水鳥の飛来する朝

死の甘き眠りへ連なるために
〈なにも語らず　なにも聞かず
なにも思わず　眠ること　ひたすら
眠ること〉を　祈って　毎夜

閉じられる　きみの瞼が　その朝
創世の第二日目の朝のような
ふしぎに澄んだ陽の光のヴェールの
衣褶れに撫でられ　うっすら開く

いつになく　立ち騒ぐ窓外の木立ち
きりきり廻る屋上の風見鶏
かすかに海の薫りをまぜて
　吹きぬける朝風
きみの半睡の瞼は　そっと呟く
—海が近い？　ここはどこだ？

ふいに　頭上を　白い

飛影が　斜めに　掠める
水鳥たちだ　言葉を
くわえて帰ってきた水鳥たち

海の鉛青色の水平線が　そして
同時に　それを背に　イヴの
ういういしいほほ笑みを偲ばせる
乙女のま映い顔が　浮かぶ
きみの半睡の瞼は　また呟く
―ぼくは夢を見ているのか?―

ふいに　きみの唇を　言葉が
きらりと光って　よぎる

水鳥が届けてくれた　蛍イカの
　妖しい蛍光を放つ　言葉
<Mon enfan, ma soeur
D'aller la-bas vivre ensemble!>
（ぼくの子よ　ぼくの妹よ
　あそこへ行こう　ふたりで住もう！）

水鳥たちの翼が　頭上で
　旋回し　つづけて　きみの唇を
言葉が　光って　よぎる
<Au pays qui te ressemble! ...
　Aimer et mourir>
（おまえに似た国で！…
　愛して死のう）

中空で対舞しながら
水鳥たちの嘴から　きみの
唇へと　言葉たちが
閃いて　授受される
法悦の一刻一刻
夢中で　言葉を　舌で
味わい　発声し　指で
漁り　並べ　組み
馨しい愛の花園を呪現する
魔法の一刻一刻

いつのまにか　呪わしかった
世界の　空間は溶け
時間は止まり　まわりは

海だ！　しーんとして
世界から遠い　隔絶の海！

遠ざかってゆく
　水鳥の羽音は　まだ
　聴こえ　きみの唇に
最後の言葉が　滴る
<La, tout n'est qu'ordre et beauté,
Luxe, calme et volupté>
（あそこには　ただ　整いと　美しさと
輝きと　静まりと　豊かさ）

ああ　水鳥の羽音は　消えた　いつの

朝　また回帰してくるのか?
きみの唇は　もう　一雫の
言葉も　洩らすことはできない
ふたたび　恐ろしい沈黙と
虚脱が　きみを包む
あっ　またも聞こえてくるぞ
ぎらぎらする砲金色の世界の昼の
冷ややかに行進してくる靴音が

耳をふさぎ　ナルシスの怯える
仮面をかぶり　ついぞ礼拝したことの
ない神を呼びだし　ひたすら祈るほか
もう　きみに残されたすべは　ない
〈神よ　恵みを垂れ　ぼくを侮蔑する

者らに　ぼくがかれらに劣らないことを
証しする　美しい詩句のいくつかを
綴らしめたまえ〉

‡これまでの作品‡

物語詩Ⅰ　塔への旅　内部の鳥（日本図書刊行会）
詩　集Ⅰ　〈ぼく〉の神話　内部の鳥（　〃　）
物語詩Ⅱ　内部の鳥　内部の鳥（　〃　）
詩　集Ⅱ　言葉をくわえる天使と海鳥　内部の鳥（　〃　）
詩　集Ⅲ　死者への十二の悲歌　内部の鳥（　〃　）

物語詩Ⅲ　蒼き花神　火の魚（日本図書刊行会）
物語詩Ⅳ　火の魚　火の魚（　〃　）

物語詩Ⅴ　ひき攣った家神　ひき攣った家神（文芸社）
詩　集Ⅳ　太陽神　―呪われた詩人へ―　ひき攣った家神（　〃　）
詩　集Ⅴ　王宮の中の地霊　ひき攣った家神（　〃　）
詩　集Ⅵ　水と土の国への旅立ち　ひき攣った家神（　〃　）

物語詩Ⅵ　禁じられた海　禁じられた海（文芸社）
詩　集Ⅶ　耳の中のオーディオルーム　禁じられた海（　〃　）
詩　集Ⅷ　投影された神々　禁じられた海（　〃　）
詩　集Ⅸ　水鳥が飛来する朝　―〈悪の花〉の詩人へ―　禁じられた海（　〃　）

禁じられた海

2002年1月15日　初版第1刷発行
著　者　樟《くす》位《い》　正《ただし》
発行者　瓜谷綱延
発行所　株式会社文芸社
〒112-0004　東京都文京区後楽2-23-12
電話03-3814-1177（代表）
03-3814-2455（営業）
振替00190-8-728265
印刷所　株式会社フクイン

ISBN4-8355-3103-5 C0092